张晓风◎著

徐学◎选编

晓风·孩子：
风很调皮，
阳光喜欢和我猜谜

长江出版传媒

长江文艺出版社

图书在版编目（ＣＩＰ）数据

晓风·孩子：风很调皮，阳光喜欢和我猜谜 / 张晓
风著 ；徐学选编.-- 武汉：长江文艺出版社， 2021.4
　　ISBN 978-7-5702-1041-1

　　Ⅰ. ①晓… Ⅱ. ①张… ②徐… Ⅲ. ①散文集－ 中国
－当代 Ⅳ. ①I267

中国版本图书馆 CIP 数据核字(2019)第 089657 号

责任编辑：钱梦洁　杨　岚　　　　　　责任校对：毛　娟
封面设计：天行云翼·宋晓亮　　　　　　责任印制：邱　莉　　胡丽平

出版：长江出版传媒　　长江文艺出版社
地址：武汉市雄楚大街 268 号　　　　　邮编：430070
发行：长江文艺出版社
http://www.cjlap.com
印刷：湖北新华印务有限公司

开本：880 毫米×1250 毫米　　　1/32　　印张：6.25
版次：2021 年 4 月第 1 版　　　　　2021 年 4 月第 1 次印刷
字数：115 千字

定价：29.80 元

序言　谁不急需故事呢？

1

"喂！你在干什么？"

远方有声音传来，我不知发声的人是谁，但我愉快地回答：

"我，我在说故事！"

"说给谁听呢？"

"说给我的小孩听哪！"

那时候，我三十岁，声音清扬。

2

"喂！你在干什么？"

远方又有声音传来，我仍不知发声的人是谁，但我愉快地回答：

"我，我在说故事！"

"说给谁听呢？"

"说给我的孙子听哪！"

那时候，我六十五岁，声音慈祥。

"喂！你在干什么？"

"咦？怎么又是你！我在说故事，说给我第二个孙子听——可是，你干吗老问我同样的问题呢？你不烦吗？"

"因为，我觉得，你的答案，好像并不完全正确。"

这时候，我七十岁了，声音苍老：

"哦，谢谢你提醒了我，我的确是一直要说故事给孩子给孙子听——可是我也说给别的孩子听。

"只是，在众孩子中有一个孩子,我一直企图说给她听,她,就是我自己。

"原来，我是该去向我的母亲索取故事的，然而，她老了，她的智慧匆匆逃跑了，她再也不会讲故事了，我只好代替她来讲故事给自己听。

"而在去年夏天的某个清晨，她阖上双目和我告别了，我从此只能永远代替她来说故事给自己听了——我跟天下的小孩一样急需故事，谁不急需故事呢？"

"谢谢，谢谢你这段悲伤又甜美的告白。"

那声音消退了，只剩下暗夜中窗前的滴答雨声。

是的，我在说故事，我在继续说故事。谁听？随便，重要的是，我在说故事——而且继续说着故事。

张晓风

编者序

编完这本儿童文学选，心中有许多感想。我会想起冰心，那是我青春期最喜欢的作家。她喜欢在散文中对小朋友说自然、母爱和童心，文句清丽，情感柔和，因此也被视为中国现代儿童文学的奠基者。在她的《寄小读者》发表近半个世纪之后，一个在岛屿上写作的女作家开始了她的创作。

这就是张晓风，她也是一个充满了柔情的女作家。与冰心不同的是，她的儿童文学都是在当母亲之后才完成的，她精心地抚育了一儿一女，儿子成了有名的化学家，女儿在台湾最好的大学里当教授。她把她对儿女的期许对儿女的观察对儿女的诱导和管束，都化作了语重心长情意绵绵的儿童文学。

另一处与冰心不同的是，晓风还是一位一辈子都在大学里教国学教中文的老师，她喜欢在我们至大中正的文学和文化中，寻找那些意味深长的诗词戏曲故事，加以深入浅出的阐释，以平和温婉的语调，来打动稚嫩初发的童心，引领他们走入温柔敦厚的民情和万物有亲的山水。

晓风深知母亲"是平凡不起眼的一块砧板""柔顺地接纳了无数尖锐的割伤却默无一语"。所以她能包容能引导能担当。但她又是一位永葆童真的作家，永远像一个不服气的小学生，去反驳那些陈腐的词句；永远像一个欢欢喜喜的小女孩走在欢欢喜喜的时光里，觉得万物万事都与自己有亲有故。她说："我在一切今人古人和孩子及万物中看到我自己。"母亲、作家和教师的三位一体使她的儿童文学具有优美情怀和宽阔视野，而对色彩和声音的敏感，戏剧家的说故事能力和象形字的语感，使她的儿童文学如诗如画。

　　所以，我们的孩子有福了，在他们幼小的心灵中，遇见晓风，就可以早早播下爱的根苗、美的种子。是为序。

　　　　　　　　　　　　　　　　　　　　　　　　　徐　学

目 录

第一辑　说给孩子听的故事

第二辑　俯身和孩子谈心说艺

Chapter 1

第一辑

说给孩子听的故事

谁是天使

说到天使，哎，那真是说来话长哪！——

在很久很久以前，上帝造了人，并且也造了天使。上帝先造谁呢？好像是先造天使。这样人类一出现在地球上，就有空中保姆来照顾他。

在图画上，你会看到天使有两只翅膀，实际上呢？其实是没有的。因为宇宙太大，用翅膀飞太慢啰，所以上帝的方法是让天使有"意念力"，天使只要一动念头，就能想到哪里就到哪里。

譬如说，有位老太太在台中市祈祷，希望她在美国加州读书的女儿不要因为失去男朋友而太悲伤。天使就会立刻出现在加州，然后他出现在女儿的书房，在她背上推了一把。女儿看不见天使，只觉得背上酸痛，于是就站起来，并且走来走去活动一下。她站起来

的时候，天使就立刻把她眼睛所及之处的一枝杏花，借一股风力推到窗前。

当然啦，也许你会问，怎么刚好就有一股风等在那里呢？哎，这就是天使的本事啦！因为他的老板是上帝，所以做起事来，必须非常确实而迅速，否则上帝也会罚他们的呢！

为了让工作效率高，一般天使都要跟大地、跟海洋、跟花、跟树、跟风、跟雪、跟阳光、跟月亮做好朋友，时时要跟它们套套交情，因为说不定什么时候就要借用它们的长处。所以，就连一只小蜜蜂，也常常是众天使交友的对象呢！这样说，有点不公平，好像天使多势利眼似的。其实天使是为了人类，而且天使也常替小猫小狗小鱼或风花雪月努力解决问题呢！

对了，刚才说风，这位天使平时跟风交情不浅，所以就请风把花枝吹得颤悠悠的，有些菲薄的花瓣甚至给吹落了。那女儿看到这景象，不禁微微一笑，说：

"咦，我干吗唉声叹气？春天这么好，我真该出去散散步！一个人闷在屋子里生气太不值得了。再不去散散心，春天就过去了！"

哎呀，你看，那老太太的祈祷居然在一秒钟之内就被天使解决了，真是神奇呀！不过这也不全靠天使个人的功劳，阳光、风、杏花、空气，其他百草千花的香味……都一起出了力。而且，连那位老太太自己也有功劳，只是，她不知道。原来，在小女孩幼小的时候，她就曾带着她到郊外去看山看水，并且顺口教她唱了一首歌：

啊，小孩，小孩

好心情不用钱来买

如果你哀伤抬头看看阳光

如果你忧愁低头瞧瞧溪流

如果你孤单侧耳听鸟鸣婉转

如果你寂寞大声说："我很快乐！"

小女孩其实从小就学会了用大自然疗伤，否则，只靠天使哪有办法仅仅用蓝天、白云、清风、杏花就把她的泪擦干了呢？

天使没有性别，却有年龄。他们的年龄很奇怪，大家一律都是活到一百一十岁，然后，他们就死了——不对，不是死了，而是自动又回到十岁了。为什么不是恢复成为零岁呢？因为"幼儿天使"也跟"幼儿人类"一样，是不会做什么事情的。上帝造天使本来就是要来帮助人类的，不会做事情的天使你能叫他干什么呢？所以天使最小的年龄就是十岁。

　　不过，其实也有例外的时候，那就是有些人类婴儿生下来就有缺陷，他们活不长，短短的一生都必须躺在床上。这时候，上帝就会派一种"幼儿天使"来陪这些长不大的婴儿，他们平时都会睡在这些婴儿的身边，唱些只有那种婴儿听得到而我们听不到的美丽歌声。如果你看到那种缺陷婴儿偶然在睡梦中甜甜一笑，那就是表示他们为幼儿天使的歌声所感动了。

　　这种天使是另一个种类的天使，他们的年龄是零岁到十岁，他们不会做什么事，他们只负责陪伴生病的小孩。他们只会唱歌，非常非常好听的歌，这种小小天使以前都只派去陪生病的小孩，不过，不知怎么回事，最近人类平均年龄增加，忽然多出许多老人，所以幼儿天使就忙碌起来，他们除了陪伴小孩，也兼职去陪痴呆或卧床的老人。

　　这三种人都算是"没有祈求的人类"，他们不会求财、求名、求儿女、求职业，所以只需唱歌给他们听就好了。而唱歌给老人听必须大声一点，好在天使可大可小，他们常

常缩到比蚊子还小的尺码，躲在老公公老奶奶的耳孔里唱些非常非常感人的歌。

有些聪明的作曲家就会跑去陪陪老人院中或医院中的老公公老奶奶，当他们看到老公公老奶奶眼中充满笑意或泪意的时候，他们就知道幼儿天使又躲在耳孔里面唱歌了。这时候，他们就赶快努力聆听并且记下来，只要记个一句半句，我们都会觉得那是天音，是最美最美的旋律。

好了，我们现在知道了，少部分的天使是零岁到十岁的天使，他们只负责唱歌安慰。而大部分的天使是十岁到一百一十岁，他们负责帮助上帝收集人类的祈祷，并且尽快促成它实现。

天使只出生，不死亡，到了"年龄极限"就自动从"老天使"恢复为"小天使"。

而天使数目历代以来都在增加，本来，上帝让一个天使服侍二十个人类，天使已经够忙了，（试想，哪家妈妈能照顾二十个小孩呀？）不料，人类近年来各种怪要求愈来愈多，例如有人会说：

"哎呀！上帝，帮帮忙，叫那只小鸟闭嘴好吗？我昨天晚上有应酬，喝酒喝到三点耶！我现在要睡觉！吵死人了！"

唉！这样的事情真叫天使不知该怎么办，他

当然可以打个商量，叫小公鸟去别处唱，但小公鸟的歌是唱给它所喜欢的一只住在附近的小母鸟听的。命令小公鸟别唱，等于破坏了鸟类的繁殖和育婴，这是老板（也就是上帝）会骂的事啊！——而正在他考虑又考虑的时候，他的另一个人类主人又在跺脚：

"天气这么热！叫人怎么活呀！老天呀！来个台风吧！"

这是什么话！天使才不乱听指挥！

天使很忙，天使从不失业，但也有例外，这例外常发生在战争时期。像二次大战的时候，日本军人在南京城杀死三十万手无寸铁的人民，这些人类的守护天使因为眼睁睁看着大屠杀在进行而束手无策，便一起站在云头痛哭失声……当年天使的数目约有一万五千。

在欧洲，第二次世界大战的时候希特勒杀了六十万犹太人。立刻有三万天使失业。想想看，三万天使，站在云头，一起为他们的失职号啕大哭，那是什么景象！据说，那一年在东方在西方，麦秆和稻秆怎么晒都晒不干，因为天使在深夜的天空中都忍不住一直哭，一直流泪……

我们说过，天使其实是不会死的，但他们可以透过申请"提早回归"成为零岁或十岁。二次大战期间忽然多了许多幼儿天使，这些天使都是因为失去了主人，不胜悲伤，才要求回归为幼儿天使的。好在二次大战结束后，许多家庭都赶快生下新娃娃，所以新的小天使也就有了工作了。当然，在战争期间那些病死、饿死和受伤而死的小孩也都是由幼儿天使一路陪伴的。

做天使的质材是透明的，所以平时我们看不见天使，但只要天使愿意，他也可以变成可见的。天使的形状是絮状的，主要是为了行动方便。如果他们需要被人类看见，他们会按照故事书上的形状，把自己弄成可爱的有翅膀的小孩的模样。

天使既没颜色又没形状，为的是在执行任务的时候不惊扰世间凡人。但天使却常常随身带着有趣的气味，并且带着温度。

假如你在炎热的夏天感到一阵凉风，那就是天使带来的了。如果你在寒冷的冬天忽然觉得手心有一丝温暖，那也意味着天使特来送暖了。至于有时候走在车阵之中忽闻一阵花香，那毫无疑问是天使来了。有人在睡梦中闻到儿时烤番薯的香味，那更是天使带来的。至于有人在生病时忽然想起故园中泥土的气息，那也是天使悄悄去找来的。

不过呢，这样说起来好像天使是个烂好人，其实也不是。譬如说，有人做了坏人，他们或杀人或放火，或骗人钱财，天使都会灰头土脸，觉得非常惭愧，甚至觉得活不下去。其实，那些人之所以变坏，都是因为很久很久以前有一批"坏天使"出现，坏天使就是我们熟悉的"魔鬼",他们因为背叛上帝而变邪恶了。人类如果对魔鬼不理不睬那就没事,可惜很多人类就是喜欢跟魔鬼打交道,害得好天使常急得像热锅上的蚂蚁。

天使执行任务很多万年了,所以也就归纳出一些心得来。这些心得后来成了"天使守则",这些守则有点像"天使大会"讨论出来的结论。只是天使开会跟人类开会的方法不同,因为天使很忙,他们从不休息,就算我们睡觉了,他们也在为我们祈祷,注意我们在睡梦中是否心灵纯洁,并且保佑我们不被噩梦干扰。所以天使只好用"隔空心灵交会"来彼此沟通。

天使守则的第一条就是"帮助别人,但不理会只会抱怨的人"。

如果有人说:"上帝啊!我快累趴了,但我的工作还没做完,帮助我,给我一些力量吧!"天使就去帮他的忙,让他可以撑得下去。但如果那人说:"要死啦!这算什么鬼天气啊!热得死人啊!"天使不但不理,搞不好,有些顽皮的天使还多吹一口热风让他更难受。

天使守则的第二条就是"不给不懂感恩的人送东西"。

像陈守诚,有一天欢呼了一声:"哇!感谢上帝,阿新送了我跟弟弟一人一支冰棒,好凉好甜哟!"他的弟弟陈守信却叹了一口气:"小气鬼!送东西也不懂得要送一盒,送一支干吗?塞牙缝啊!"结果两人从学校一路走回家的时候,有一只狗一直企图去舔弟弟的冰棒,弟弟猛力把冰棒往上一举,却没注意脚下有石头,结果一个踉跄,冰棒就掉到地下,被狗衔跑了。在这个过程中,天使都不帮他一把。

　　而哥哥的冰棒这时也刚好吃完，不能分他了。更倒霉的是，因为哥哥的脸始终笑眯眯，而弟弟却哭兮兮，所以，走经超市门口有人分发试吃样品，那人也只分给哥哥，却没分给弟弟。而且，那样品还是巧克力冰淇淋呢！

　　天使的第三条守则是"帮助有才干并努力的人，不帮助那些懒惰的人"。

　　这条原则常常会把小天使搞糊涂了，以为天使很现实，只肯锦上添花，不愿雪中送炭，其实不是。（顺便解释一下，小天使虽是老天使变的，但一变回小天使便又有点傻乎乎了。）这只是说你努力读书，读到有八十分的程度，天使一帮忙，你就头脑灵活，考了九十分。但若是你不用功，上课又不听，考起试来，你只有考十分的程度，天使又懒得理你，你一急，头脑昏昏，就考了个零分。

　　天使的行事守则不多，总共有二十三条，但一时也来不及详细介绍了。总之，我们一生中如果幸运，一定可以感应到天使的帮忙，到时候要记得小声说一句谢谢哦！

雅文小天使

　　雅文不是天使，但她觉得自己是——因为，她扮演过天使。事情是这样的：

去年年底，圣诞节，雅文在教堂的晚会中演戏，戏里人们扮演着各种角色，还有更小的不太会说话的孩子演小羊。雅文因为五岁了，会背几句台词了，所以分配她演小天使。那次戏演得不怎么好，演到一半有一只小羊忽然哭起来了，她一边哭，一边站了起来，而且，还大声叫妈妈。哎呀，羊只应该咩咩叫，而且小羊应该四只脚爬着走路，怎么可以两只脚站着，两只手还忙着擦眼泪，这是什么怪小羊啊！不过，奇怪的是台下的观众——也就是教堂里的那些叔叔、伯伯、阿姨、姑姑们——都不生气。相反的，他们拍手大笑，一点也不在意。雅文却演得有板有眼，非常认真，每一句台词她都背得很熟。最让雅文兴奋的是邱老师为雅文准备了一套洁白的"天使衣"。会后，许多阿姨、叔叔都跷起大拇指称赞雅文演得好，其中有些也赞美她的"天使衣"漂亮。有位阿姨甚至说：

"哎，连雅文啊，你知道吗，我从小就想看到天使，可是却从来也没看到过，今天晚上看见你跟在大天使身旁演小天使，哇！我觉得我好像看到真的天使了，而且，不骗你哦！我看见你头顶上有光圈呢！"

在画片上的小天使头上都有一圈小光环，这个，连雅文也知道。但那天晚上演天使，怎么自己头上也冒出光圈来了？连雅文不太敢相信。于是去问另一个于阿姨，于阿姨是老师，说话比较值得信任。

"于阿姨，我刚才演天使的时候，头上可有光圈冒出来吗？"

于阿姨想了一下说：

"有点光亮是没错，不过，不是刚好在你头上有一盏灯在照吗？"

雅文叹了一口气，说：

"哦，原来是灯光，我还以为我真的变成小天使了呢！"

但从这一天开始，雅文就有个傻念头，她想，"我会不会也能做天使，说不定我已是个小天使了，只是我不知道……"

她摸摸自己的后肩，平平的，并没有长出什么翅膀来，她有点庆幸又有点惆怅。

雅文第二天去幼儿园，她是大班的小朋友。

很凑巧，幼儿园里教唱的歌刚好也是跟天使有关的歌：

小天使，小天使

你家住在哪里

你的翅膀如果飞累了

你去哪里休息

我是天使我不休息

我的翅膀如果飞累了

只要去月光里泡一泡洗一洗

其实我不用翅膀也可以

小天使小天使

我想跟你住一起

请告诉我，你怕什么东西

我不怕风不怕雨

但我怕争吵我怕妒忌

小天使小天使

请告诉我，你恨什么东西

上帝造的万物都可喜

我恨人心中的骄傲和诡计

　　唱这首歌的时候小朋友分两队站好，一队扮演小孩，一队扮演小天使，雅文站在小天使那一组，这两队就你看我我看你，面对面唱歌表演。

　　正当他们唱完歌要去吃点心的时候，对面扮演小孩那一组中有个名叫文彦彦的小朋友忽然大叫一声：

　　"老师，我觉得连雅文好像真的天使哦！"

老师笑了一下，没有说话。连雅文却吓了一跳，怎么又有人说自己像天使？但为了不想跟别人不一样，她赶快声明：

"才不像呢！我又没翅膀！"

但放学的时候，她却悄悄跑到司机伯伯前面，说：

"王伯伯，我想问你一件事，我们只能讲悄悄话，你不要让别人听到喔！"

"好哇！雅文有什么事呢？"王伯伯平时是个大嗓门，现在却压低声音跟雅文说话。

"我想知道小孩子要怎么样才能变成小天使——小孩子真能变成天使吗？"

"我想是可以的，"王伯伯一脸正经，"但至于怎么变法，你要让王伯伯想一下。喏，这里是我家电话，你等下六点钟打电话给我，现在我要去开车送小朋友回家，不能多想你的问题，等我到家想通了，再来告诉你。"

雅文很喜欢王伯伯，因为他听雅文说话的时候十分正经又十分慎重，相比起来雅文的爸爸就有点讨厌，同样的问题如果问爸爸他就会嬉皮笑脸：

"哎呀，哎呀，不得了，我们的小雅文想做天使啦！"

这时候哥哥雅知就会拍手大笑，说：

"哇呀！人小鬼大，居然想做天使！别笑死人了！要知道，天使的故事是专门拿来骗你们这些笨笨的小女生的呀！"

唉，所以，才不要告诉他们！

六点到了，妈妈在厨房烧饭，爸爸十五分钟以后才会回到家，哥哥在玩电脑，雅文躲在厕所打电话。

"喂，王伯伯吗？我是雅文，你想出什么办法了没有？"

"好，我想到了，你必须去为别人做一些事情，一些好事情，——但是，注意哦，你要偷偷地做，不要让别人知道！"

接着，王伯伯又说：

"还有，天使既然讨厌争吵，你就想方法让周围的人不吵来吵去，这样，天使就喜欢留在你身边，你多被天使感染感染就容易像天使了。"

"哇！王伯伯你好厉害，你什么都知道！我知道该怎么做了。"

那天，吃过饭之后，妈妈照例又去唠唠叨叨跟爸爸说：

"阿勤啊，记得要洗碗啊！你的名字里有个'勤'字，你要勤快一点才能名副其实啊！"

"知道了啦！"爸爸应了一声，却又嘀嘀咕咕小声抱怨，"哼！我爸给我取这个名字是叫我勤学，才不是叫我勤洗碗的——"

"你在念什么呀，赶快去把碗洗了吧，我要走了，我快要迟到了。"

妈妈走了，她赶着去上日文课，爸爸依然对着电视坐着不动，哥哥也跟吃饭前一样，在玩电动游戏。

雅文去把碗洗了，并且烘干了。

两个半小时之后，妈妈回来了，看到厨房都收拾好了，她显然很高兴。

"哎呀，阿勤，你今天真的好勤快呀，不用我三催四请，你已经把碗洗好了。"

爸爸从沙发上睁开惺忪的睡眼：

"咦！奇怪，我洗了吗？我怎么都不记得？是我梦游洗的吗？还是有小天使出现替我洗了？"

雅文躲在房间里画图画，假装没有听到。心里却非常高兴，原来要做天使是那么容易啊！

雅文继续用这种方法到班上去实验，她在丽明的铅笔盒里偷放了一包巧克力，在老师的书里偷夹了一枚书签。文彦彦喜欢昆虫，雅文就准备了一个漂亮的塑胶蚱蜢，趁文彦彦睡午觉的时候塞在他的口袋里。但文彦彦是个好孩子，他睡醒的时候虽然惊喜万分，却规规矩矩跑去找老师，并且跟老师说：

"老师呀，不知是谁的蚱蜢，跳到我的口袋里来了！"

老师于是问全班小朋友，都没有人承认，老师就叫文彦彦拿去，老师说：

"没有人的，你拿去吧！如果以后有小朋友想起来是他的，老师就负责赔他一只，你的这一只，我猜是小天使送给你的呢！"

雅文偷偷笑了，她笑的时候头上竟然出现亮亮的光圈呢！

有一天，奶奶住院了，她得了胃溃疡，去开了刀，要在医院休息几天，雅文请爸爸帮她录音，做了一片 CD，里面全是雅文唱的歌。哪些歌呢？雅文向爸爸打听奶奶从前都爱唱哪些歌，但那些歌有些雅文会唱，有些不会，雅文挑了十首来唱，像"我家门前有小河"、"两只老虎"（但爸爸说奶奶以前唱的是"三只老虎"）、"一闪一闪亮晶晶"……

奶奶收到 CD 片很高兴，她因为住院正有点无聊，奶奶问说：

"这是哪位大歌星唱的呀？真好听呢！"

雅文眨眨眼睛说：

"嗯，是一位神秘歌星呢！不可以讲名字哦！"

奶奶笑了：

"哦，真神秘呢！我猜是一位小天使录的吧？如果你有机会看到那位小天使，记得帮我谢谢她哦！她的歌声很甜美呢！"

"好呀！好呀！我一定会记得帮你谢谢她。"

更好的事情还在后头，爸爸自从发现有小天使常趁他打盹的时候"偷帮"他洗碗，忽然变得很有警觉性，每次吃完饭他就赶着跑进厨房，一面还大声说：

"哈哈，小天使呀！我一定要先'抢着洗'，免得你来'偷着洗'。"

自从爸爸抢着洗碗之后，妈妈对爸爸十分满意，家里也就没有吵架声了，雅文想起那首歌，天使是很怕争吵的，那么不争吵的地方，天使是应该很喜欢住下的啰！不过，不管天使住不住他们家里，雅文自己已经是个小天使了，所以家里可能有了两个小天使呢——不，可能只有一个半，雅文想，也许现在自己还只算半个天使吧？

清明之后

清明节，幼稚园放了几天假，收假的那一天，一大清早，每个小朋友都又坐上娃娃车上学去了。

几天没见面，大家都很兴奋，娃娃车里叽叽呱呱的，吵得像个菜市场。

"不要吵！不要吵！吵到司机伯伯都不好开车了！"随车老师说。

但大家还是忍不住在大声说话，其中王美仑最可恶了，她说："怕什么？开车又不是用耳朵开的！"

大家哈哈大笑，车子里更吵了，其实大家起先有些吵都是黄新基惹出来的。黄新基清明节跟妈妈回家扫墓，而妈妈的老家在澎湖小岛，为了避免交通拥挤，黄新基甚至还多请了一天假。所以别的小朋友是三天没来，他却是四天没来了。澎湖太阳比较猛烈，黄新基晒得红通通的，像只大龙虾，大家一看他就笑，黄新基自己也笑。

其他每个人都急着讲自己的"扫墓经验"，陈旭光讲得最大声，他几乎不是"讲话"而是"叫话"。他说：

"你们知道吗？我们去扫墓的时候，我阿祖隔壁的坟墓失火了喔，就在我阿祖隔壁呐，哇！好危险，都靠我救火成功，大家才没被烧死！"

"吹牛，吹牛，你哪有那么大的本领？"

"哼！失火了就该打 119，"唐安怡永远是一副老大姐相，"老师都教过的！小孩子自己救火很危险！"

"哈！哈！哈！不危险，"陈旭光十分得意，"你们猜我怎么救的？"

"你怎么救的？"

"我家车子往墓地去的时候，经过一个摊子卖甘蔗水，我就请爸爸买一瓶给我喝，可是，妈妈骂我浪费，叫我喝自己带的白开水就好。结果爸爸说屏东甘蔗很甜，让我试试吧！我喝了一口，真的很好喝，就舍不得喝，一直到下车都拿着。结果，失火的时候我就是用甘蔗水浇熄了火苗的呀！"

"小小一瓶甘蔗水就是可以灭火，那火一定很小很小！"唐安怡仍然不表同意。

"后来从墓地开车回家的时候，爸爸又买了一瓶甘蔗水还给我。爸爸说，那一瓶算是渗到地底下，请了阿祖的隔壁邻居喝了！"

车上一片吵吵嚷嚷中，平常多嘴多舌的文彦彦却意外的很安静。不过他虽不说话，却不时有些奇怪的动作。他的位子在连雅文的前面，他每过三五分钟就要扭过头来对雅文做个奇怪的鬼脸。有一次，趁着大家正在大笑的时候，他用很小的声音对连雅文说：

"我知道一个秘密！"

雅文有点烦，也就没理他。

等下了车，他走在雅文身边，笑得更诡异了，但好在他用的是十分细小的声音：

"我知道一个秘密哦！"

"你烦不烦啊！"

"我不烦，我知道谁是我们班上的小天使了！"

"啊！你怎么知道的？"

雅文此话一说出口就立刻后悔了，她发现自己应该说：

"咦？你说什么天使呀？"

但是，来不及了。

"你放心，我虽然知道谁是那个可爱的小天使，可是我也知道她不喜欢人家知道——所以，我一定一定不会说出去的啦！"

雅文放心一点了，但是文彦彦还不死心，中午休息的时候，他又拉着连雅文跟她说：

"可是，我也很想做小天使，'那个小天使'一个人做小天使不太好，我帮她一起做比较好啦！求求你嘛！"

"你告诉我，你怎么知道小天使的事的？"

"因为清明节放假嘛，我陪妈妈去买菜，走到菜场附近看到有间文具行，他们也卖小玩具。我看到一只塑胶蚱蜢，跟我的那只长得一模一样，我就跟老板说：'啊，老板，我也有一只塑胶蚱蜢，跟你这只一模一样哦！'我掏出来给他看。他一看，就笑了，说：'啊！这一只我认识，它是一个漂亮的大眼睛的小妹妹买的，原来是送给你这个小帅哥了！'我说：'咦？你这些蚱蜢不都长一个样吗？你怎么认识我这一只是谁买的？'他说：'当然认识了！那天小妹妹和她的妈妈经过，看到这些蚱蜢，她很高兴，说："啊，我有一个同学，他很喜欢昆虫，买一只送他，他一定很高兴。"可是我一只要卖十二元，她却只有十元。但我看她很可爱，像个小天使，就说："啊，这里有一只特别勇敢的蚱蜢，可以便宜卖你哦！"她听不懂，问说："为什么勇敢的蚱蜢卖得比较便宜？"我说："因为它太勇敢，所以爱打架嘛。你看，别只蚱蜢有十只腿，它只有九只，打掉了一只嘛，所以，就便宜卖你好了！"小妹妹笑起来，显得很高兴，就买了这只九只腿的蚱蜢。所以我就认得出它啦！'你看，你看，我简直就是神探文彦彦，我可以找出是哪个小天使跑去偷买蚱蜢来送我的哦！"

"啊！原来你也去了'胖叔叔文具店'了！"

连雅文一说完又立刻后悔了，她发现自己好像愈来愈承认自己就是秘密小天使这件事了。

"啊，那老板是有点胖，但是他的手肥肥绵绵的，很可爱哦！"

中午休息的时候，连雅文忽然想起一件事，因而变得有点兴奋：

"文彦彦，你忘了！你的志愿是将来要做'大神探文彦彦'，不是吗？你还是去做神探比较好，你头脑聪明，适合做神探，做天使很辛苦，而且要保密，你嘴巴大，不适合做天使啦！"

"哼！辛苦？我才不怕辛苦！你以为做神探不辛苦吗？我有一次一个人在冰淇淋店对着窗外数车子，那时候我爸爸去停车，我一面数一面记，经过的轿车有二十三辆是'托约他'，十八辆是福特，两辆是宝狮，一辆'夹瓜'……"

"好啦，好啦……"

"所以说，要做神探也是很辛苦的，等我爸爸停完车回来，我的额头都红了呢！"

"红了？额头？"

"对呀，冰淇淋店在二楼，我在椅子上跪着，把额头抵在落地大玻璃上，数下面街上的车子，数久了，额头都变红了！我才不怕辛苦呢！做'小天使'也不会太辛苦啦，我不怕！而且，我也不会泄露秘密，你想，神探可以泄密吗？当然不可以啦！"

"你还是努力去做神探吧！做神探已经够你累了！"

"'神探'和'小天使'不冲突呀！你想，不做神探怎么能做小天使呢？'快乐王子'能帮助别人，就是因为有一只'小燕子'飞东飞西，并且跑来告诉他什么地方有需要呀！"

连雅文本来就不多话，现在更是说不过文彦彦，只好低着头不理他。文彦彦觉得连雅文既然不说什么，就等于默认了，他于是高兴地宣布：

"啊！我们来成立'雅文二人组'吧！"

"雅文是我，我是一人，怎么会变成二人组了？"

"不对，不对，'雅'是你，'文'其实是我，我叫'文'彦彦，你忘了。而且，你知道吗，我的'彦彦'这两个字里面也藏着两个'文'在上面哦！所以叫'雅文二人组'，不错哦！"

"譬如说，有个老伯伯，骑着三轮脚踏车，车后载了一些回收的报纸，走上坡，很累，你愿意帮忙推车吗？"

"当然可以啦，你忘了，我很有力气哦！"

文彦彦说着便挽起袖子，举起臂膀。

"你们两个快去午睡！"老师走过来，口气不太高兴。

两人于是都只好去睡觉了，文彦彦睡着了，他梦见自己成了天使。但在梦里他也很啰唆，他叫天使给自己一副比较大的、比较厚实的翅膀，因为他比较胖的缘故——哦，不是，是长得比较结实的缘故。

天使立志书

"唉！"雅文叹了一口气，她很不快乐，因为本来属于她的秘密，现在被自认为是"神探"的文彦彦知道了。

更离谱的是，文彦彦也想来做"天使"，这又不是分糖果，只要伸手就可以拿到一颗吗？

好在文彦彦只是小声说话，他平常其实是个声音高、动作大的小孩，今天他低声下气说要来做天使，也算是个好孩子了。

但雅文并不觉得自己该做文彦彦的"天使教练"，他成天亦步亦趋地跟着自己，也真够烦人啊！好在想了很久，连雅文终于想出一个好方法来了。她的方法就是叫文彦彦去找王伯伯。

"去找王伯伯？找王伯伯干什么？"文彦彦不太服气。

"王伯伯懂很多东西，老师不知道的他都知道哦！譬如说，每天太阳几点钟会出来，他都知道呢！王伯伯以前做过军人，他以前受过伤，还做过连长呢！你想做'神探'做'天使'，他都能教你的！"

"哎呀，雅义，看来你才是个神探哦！我怎么都不知道王伯伯是很有本领的人，我只知道他会开车而已。"

"等一下下课你不要去厕所，你去找王伯伯聊聊。"

要找王伯伯很容易，只要是好天气，他一定坐在庭院里一块黑色大石头上弹古筝，那块大石头天生中凹外凸，有点像张大沙发，那里离教室远，小朋友上课不会听到古筝的声音。不过有些小朋友好奇，下了课也会跑去听他弹。

如果他不坐在石头上，那就是在修剪花木或浇水了。

他个子长得高高的，头发剪得短短的，裤子永远是条牛仔裤，上衣永远是红恤衫，粉红、枣红、正红、紫红、橘红、咖啡红……所以老远就可以看到他。

"王伯伯，我要问你一件事。"

"好，你问。"王伯伯继续弹古筝。

"我知道我们班上有人是小天使——所以，我也想做小天使。"

"哦！这可是一件大事！"王伯伯停下来，不弹了，"你什么时候有这个心的？"

"前两天，清明节的时候，我们家去扫墓，我看到很多墓碑，我忽然想，如果有一天我也死了，墓碑上写着'文彦彦，神探加天使'，那是多么好啊！"

文彦彦说话的时候，王伯伯掏出一张纸来，在上面写了些字，

等文彦说完，他就把纸条递给文彦彦，说：

"你把纸上的字念一下，有注音的，小声念，不要给别人听见。"

文彦彦于是小声念道：

"立志书，我，文彦彦，立志要做小天使，造福人类和万物。"

"你如果真的想做小天使，那就签个名吧！"

"咦？'那个小天使'，我是说，我们班上的'那个小天使'，她也填过这张'立志书'吗？"

文彦彦因为一直很想做神探，对法律问题也很有概念，他不会随便签名的。

"嗯，你们班上'那个小天使'不用签，她天生就有天使细胞。"

"那——我没有吗？"文彦彦有点生气，脸都涨红了。

"也许有吧！"王伯伯又去拨了两下古筝，"不过不够多。"

"那意思是说，我不太配做天使啰？"

"也不是这样说，"王伯伯不拨古筝了，他抬起头来，定定地看着彦彦，一面伸手去拉住彦彦的手，口气有一点悲伤，"彦彦，你是个好孩子，你很聪明，但是，太聪明了，所以不知道什么叫单纯。甚至也不太知道什么叫善良。这种人，要做天使很辛苦，但是，你还是可以学得会的。有些人天生就像天使，有些人要努力学习才能做天使。有些人，必须学到累得半死才会有那么一点点像天使。"

"我是哪一种？"

"你是中间那一种，所以我要你签'立志书'。我怕你学做天使学了一半就'落跑'了！你们班上'那个小天使'不同，她天生就会一辈子好好做天使！"

"我如果签了'立志书'，要交给你吗？"

"哈哈，"王伯伯笑了，"你很有防备心哦！我才不拿你的'立志书'呢！替你保管？那太麻烦了！你自己收着，但收着收着很容易弄掉，也容易被别人发现，我劝你找个小玻璃瓶，把纸条塞进去，然后找一棵树，把小瓶子埋在树下，你做这事不必让我知道，也不必给爸爸妈妈知道。当然，如果你想让谁知道也可以啦！反正，我不想知道。"

"这样，我把立志书签好，把瓶子埋好，我就可以变成小天使了吗？"

"哈！哈！胡说八道，哪有那么容易？你要先有一颗天使的心才会变成天使。但在你'有一颗天使心'之前，你要先做很多'天使事'才行呢！"

"如果我努力做许多'天使事'，然后，我就有了'天使心'。然后，我就可以赢过我们班上的'那个小天使'了吗？"

"唉，"王伯伯又去弹他的古筝了，"彦彦啊，彦彦啊，你这种想打倒别人胜过别人的想法，就不是'天使思维'了！真正的天使只想帮助人，从来不想做'天下第一天使'或'天使大王'什么的。"

"啊！"文彦彦好像忽然想起一件事，"王伯伯，你不要骗我，你知道这么多天使的事，看来你自己也是个天使，而且是个大天使，对不对，对不对？"

"我不告诉你。"王伯伯又低头去弹他的古筝了。

"哼，不说拉倒，我是大神探文彦彦，我一定会去调查清楚这件事的。"

"我是不是大天使，这件事不重要呀！我说的话如果有道理你就听吧！如果没道理你就别理我也就是了——不过我要提醒你，那张立志书要收好，如果不想签就撕了，要知道，做天使也是很辛苦的哦！"

"所以——我以后会不会只是个'二流天使'？因为我的'天使细胞'不够多？"

"唉，你在胡说什么呀！天使就是天使，没有什么'二流天使'，不过，假如真的有'二流天使'，你会不会宁可不做天使，也不肯做'二流天使'呢？"

"这这……我不知道，"文彦彦急得有点口吃了，"好吧，就算努力半天也只够格做个'二流天使'，我也要做天使，我自己几流不重要，有人因为我而得到帮助才重要！"

"这句话倒还像人话！"王伯伯笑了。"哦，不对，应该说，像'天使的话'！"

文彦彦小心翼翼地把那张"立志书"折好带走了。

新天使的第一天

文彦彦站在阳台上，手里拿着"天使立志书"，心里实在有点忧愁，又有点举棋不定。他非常谨慎地把纸条折叠好，藏在裤子左边的口袋里，右边的那个口袋里则有个小玻璃瓶。瓶子很小，只有三公分高，是上次出国的时候，在旅馆吃早餐的时候留下的小果酱瓶。

"唉，其实不做天使也不错啦！"他对自己说，"我们幼儿园里的同学，大家都不是天使嘛！连我自己也不是天使呀！不做天使也过得好好的嘛！"

"彦彦呀！来吃水果了，"妈妈在餐厅大叫，"不要一直站在阳台上，那里风大！"

"我不怕冷，我穿了毛衣。我不吃水果，我要看对面人家的小鸟唱歌。"

"随便你啦！对面人家的小鸟是关在笼子里的小鸟，那种小鸟唱的歌也不会太好听，水果你不吃就会被你妹妹吃完啰！"

可是文彦彦有好多事要想，妈妈太啰唆，一定不能理她，他继续留在阳台上。

"只是，不做天使真不甘心，既然连雅文可以做，我为什么就不能做？而且，司机伯伯说我做天使比雅文要辛苦，如果'更辛苦'，那就是'更了不起'的意思了，这么'了不起的工作'，我怎么可以放弃呢？"

文彦彦想着，又把自己写的立志书拿出来看了一遍：

　　我，文彦彦，非常羡慕做天使，非常想去帮助人，我是真心的。我有点怕吃亏，我有点怕吃苦，而且我容易生气，有时候会骂人，有时候还会打人。但是，上帝呀，我就是想做天使，我一定会努力做个好天使，直到我死的那一天。

这张立志书大部分是用注音符号写的，文彦彦看了一遍，飞快地签上文彦彦三个字，他怕签慢了，自己就会后悔了。

"妈妈，我去楼下公园里玩一下秋千！"

妈妈嗯了一声，文彦彦便火速跑下二楼，手里还握着一把小铲子。到了公园里，他在尤加利树下挖了一个小洞，然后把折得小小的立志书放在小玻璃瓶里埋了下去。今天下午因为下过一场雨，所以土很松，很好挖。埋好立志书之后，他去洗了手，然后便去荡秋千了。

后来，文妈妈在窗口一望，发现彦彦在楼下玩秋千，便大声叫他：

"彦彦啊，不要再玩了，回家了，该吃晚饭了！"

彦彦瞒过妈妈，很高兴。做天使很麻烦，既要保密，又要诚实，很难耶！这一次，他算惊险过关。刚才埋玻璃瓶的时候，如果刚好被妈妈看到，那就麻烦了。

彦彦回家以前转头再望了一下那棵尤加利树，也许因为新下过雨，每一片叶子都显得青青翠翠的。彦彦想到，就在这棵树下，埋藏着他秘密的心愿，心里觉得又踏实又甜蜜，而且还有一点神秘的自得。

不过，麻烦来了，就在彦彦离开公园往二楼走上去的时候，他想到一个严重的问题，那就是，自己的立志书已经签了名了，所以现在他已经立刻就得"开始做天使"了。可是他还没准备好啊！现在，回到家里，他必须要让妈妈知道自己已经不是普通小孩子了。唉，该说什么话或该做什么事才会像个天使呢？而且，彦彦的家住在二楼，没走几步就到了，想利用在路上的时间来想想也来不及了。

好在事情很顺利，彦彦跑到二楼门口，忽然闻到厨房里传来咖喱鸡的香味，彦彦的妈妈是从马来西亚来这里读书的，后来嫁给爸爸就留了下来，她煮的咖喱会加些椰浆，闻起来特别香。彦彦以前闻到这种好味道，反应常是什么都不说，只管努力扒下两碗饭（彦彦平常只吃一碗饭），妈妈也不说什么，只是微笑，有时会说：

"彦彦，吃慢点，没有人跟你抢。"

但今天不同，从公园回来，他已经立志做天使了，所以他跑到妈妈面前：

"咦？好香，你煮了咖喱鸡，对不对？"

"你怎么知道？你一定偷看了！"妹妹在一旁插嘴。

"不是看，更不是偷看，是闻。"彦彦本来想骂妹妹一句笨蛋，却临时吞了回去，"妈妈一定有秘方，你煮的咖喱鸡总是特别特别香，妈妈，你好厉害啊！"

"啊哟，"妈妈有点惊讶，"这彦彦，你今天怎么啦，平常只会低头猛吃，现在居然会说这么好听的话了？对了，你爸爸刚才打电话来，说要晚点下班，他叫我们先吃，所以你要代替爸爸来帮我摆桌子。"

"没问题，你要我摆什么？"

文彦彦一方面庆幸，妈妈没有发现自己的秘密，一方面更庆幸爸爸晚回来，自己可以好好表现一番。

但是，不由自主的，他又大声问道：

"那，妹妹，她，她要——"

他本来想说：

"她要帮什么？"

这是文彦彦的毛病，每次爸妈叫他帮忙做事，他都要不甘心地多问一句：

"那，妹妹，她帮什么？"

如果爸妈说妹妹还小，他就生气。但，今天他话一出口，就发现自己不对了，于是他立刻改口说：

"那，妹妹，要帮她摆汤匙还是筷子？"

妈妈说：

"吃咖喱鸡饭，给妹妹汤匙就好。记得给妹妹浇料的时候要挑些没有骨头的小块肉。胡萝卜和洋芋洋葱也都要放一点，胡椒瓶也要记得拿上桌，而且要记得是白胡椒。"

如果是平常，文彦彦一定会嫌妈妈烦，但今天他都乖乖去做了，他甚至问：

"要我端汤上桌吗？"

妈妈说：

"不用，等我们吃完饭再去厨房盛三碗汤出来就行了，现在汤还太烫。"

咖喱鸡汁是棕黄色的，里面的胡萝卜是橘红色的，浇在白白的饭上又漂亮又美味，那天晚餐真是吃得快乐极了。饭后妈妈打电话给她远在马来西亚槟城的妈妈，平时她每个礼拜会打一次长途电话，彦彦听见妈妈跟外婆说：

"你问彦彦吗，他还不错啦，现在是大班了。小孩子嘛，坏起来简直就是小魔头，但他今天也不知怎么回事，变很乖哦，嗯，简直就是个小天使了！"

彦彦笑着回房睡觉去了，他一方面很高兴自己做新天使的第一天就做得还不错，但一方面也有点失落，因为他也很怀念那个凶凶巴巴跟人乱吵乱闹的自己呢！

谁替嘻嘻哈擦了口水？

他有一个奇怪的名字，叫作哈齐齐，但幼儿园里的同班同学很快就给他取了一个外号，叫嘻嘻哈。平常，如果外号取得太难听老师是会骂人的，并且还禁止大家使用。但这一次老师好像并不觉得嘻嘻哈很难听，反而说：

"还好啦，以后他长大有了外国朋友，外国朋友都喜欢先叫名再叫姓，所以，以后他的外国朋友会叫他齐齐哈，齐齐哈跟嘻嘻哈差不了太多。不过，哈齐齐，你自己呢？你反对不反对这外号呢？"

哈齐齐嘻嘻笑了，他说：

"随便啦！"

他是一个健康、活泼、嗓门大、爱笑，又不计较的男孩。和一般小孩比，他的两颊特别红，特别圆圆鼓鼓，平时老师同学都很喜欢他。

"你们叫他嘻嘻哈没问题，"老师说，"但你们不要觉得'哈'是个怪姓哦！从前哈齐齐的姐姐哈敦敦也读我们幼儿园，老师起先觉得奇怪，后来才知道这是蒙古族人的姓，不过听说满族人也有姓这个姓的……"

"满族人是什么意思？"小朋友问。

"满族人就是——就是住在中国东北的一个民族，我们一般常见的是汉族人，但汉族人之外还有苗族呀、瑶族呀、藏族呀、壮族呀、侗族呀、黎族呀……不过，这些算起来太多了，一下也说不完。哈齐齐的姐姐哈敦敦很有意思，她很会唱歌，又会跳舞，跳起舞来脖子还会左右移动像装了弹簧。而且，后来我才知道，哈敦在蒙古话就是女士或皇后的意思哦！"

"哇！嘻嘻哈的姐姐是皇后耶！"同学一起鼓掌。

今天是星期一，文彦彦很期待赶快到学校，好跟雅文分享他的新天使经验。

下课的时候，文彦彦正想走到雅文的位子上，不料雅文却站起来，一面小心地从口袋里掏出一个小包并且抽出一张卫生纸，一面走向嘻嘻哈的座位。雅文去找嘻嘻哈干什么？文彦彦在一旁看着，自从他立志当天使，整个人便安静多了，他常常会仔细看事情，他以前不耐烦多看事情，除非他觉得那件事很有侦探价值。但现在他觉得多看看事情很好玩。而且，如果不看事情怎么知道哪里有事情等着帮忙，如果不知道哪里有事情可以帮忙，唉，那天使就别混了！

不过，有个秘密文彦彦不知道。其实，在离开他头上大约九十公分的地方，常有一位真正的上帝派来的天使在守望着他，教他要改变心思，教他要好好看一看周边的人。文彦彦还以为"多多看别人""多多关心别人"是他自己发明的"新任天使行为法则"呢！

文彦彦看到雅文拿着卫生纸去擦什么，她到底在擦什么呀？她的动作好轻好小心呐！啊哟，现在他看清楚了，原来嘻嘻哈睡着了，他坐在位子上睡着了，现在是早晨，他竟然睡着了。奇怪！嘻嘻哈平时连中午都不肯好好午睡的呢！他会在铺上翻来翻去不安分，他精力过剩，睡午觉对他好像刑罚一般。

可是现在才一大早，他就睡着了，他坐得直直的，口水却流了下来。哎！真恶心啊！连雅文原来就是去给嘻嘻哈擦口水的，好恶心啊！

连雅文的动作又轻又快，而且她做这些动作的时候都用身子挡着，让别人看不见。她擦完就走出教室去了，文彦彦赶快跟上，小声问她说：

"喂，喂，这是怎么回事？做天使要擦人家的口水吗？好恶心啊！"文彦彦一面说一面做出要呕吐的怪样子来。

雅文有点生气："口水脏不脏，不关你事，我擦不擦嘻嘻哈的口水也不关你事，少啰唆啦！"

"对不起，对不起，我也想做个好天使。你是老天使，我是新天使嘛，拜托你教我做天使嘛，好不好？这嘻嘻哈成天都活蹦乱跳的，今天怎么睡得东倒西歪的，还流口水！"

雅文看文彦彦一面说一面学的样子很好玩，就笑了。但她一面笑一面还是凶了文彦彦一顿：

"嘻嘻哈今天为什么会打瞌睡？我不知道。他为什么会流口水？我也不知道。但我知道如果我不赶快帮他把口水擦掉，等一下你们几个男生看到一定会笑他，你们会手拉手，站成一排大声叫，把嘻嘻哈吵醒，并且说：'嘻嘻哈，嘻嘻哈，丢丢脸，流口水，好恶心，流口水！'"

"哪有啦！"文彦彦嘴巴虽然不承认，心里却觉得事情很可能就是这样的。

"如果你们笑他，他会很难过的。嘻嘻哈虽然很会唱歌，但他不太会说话，他吵起架来是吵不过你们的。接着他就只好自己难过了——当然，他气起来也可能打你们，但你们人多，他一定打不赢……"

"好了，好了，我懂了，你帮他擦口水是让他有面子不丢脸，但是，口水很恶心耶！"

"口水恶心不恶心是我的事，我又没叫你擦！而且，我阿祖去年生病的时候，都是我妈妈帮她清理大便的呢！我只不过帮人擦口水罢了！"

"啊哟，啊哟，看来你妈妈恐怕也是天使了！大便更恶心哪，啊哟，我都快吐了！"

"哼！怕恶心就别做天使啊！"

"唉！唉！难道没有别的好方法做天使了吗？"

"别的方法？好啊，你自己去找啊！"

说着说着，就又上课了。

上课的时候，老师看了一眼哈齐齐，有一点担心。她走过去，弯下腰：

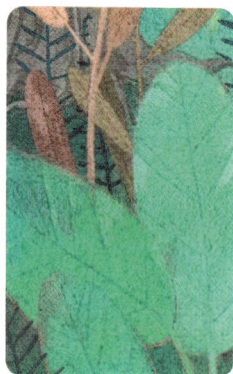

　　"哈齐齐，你不舒服吗？你哪里不舒服？"

　　老师又摸了一下哈齐齐的额头，哈齐齐醒过来，并且哭了：

　　"姐姐，姐姐，你不要死！"

　　老师吓了一跳。

　　"哈齐齐，你说什么，我是老师，不是你姐姐，你姐姐哈敦敦怎么啦？"

　　哈齐齐这才真的清醒了。

　　老师跟哈齐齐问了好些话，哈齐齐一边哭一边说，大家都没听清楚。不过，老师总算把哈齐齐的事弄明白了，于是老师先带了哈齐齐去午睡间睡觉，然后把哈齐齐家昨天发生的事情转述给大家知道：

　　原来昨天哈齐齐的姐姐哈敦敦病了，半夜肚子痛，而哈齐齐的爸爸刚好到广东东莞出差去了。于是哈妈妈赶快开车把姐姐送医院，可是放齐齐一人在家不放心，所以把齐齐也从床上"挖"起来，三个人一起去医院。到了急诊室，没想到那里半夜三更竟然挤满了人，有人是气喘，有人是心脏病，有人是车祸断了腿，正在哀哀叫。齐齐第一次看到那么多血，吓得大哭，他又怕姐姐会死，所以一直守着姐姐，并且问每一个护士：

"阿姨，阿姨，我姐姐会死吗？"

后来，到了早上七点，齐齐的妈妈打电话请三阿姨来带齐齐回家赶幼儿园的校车。妈妈说，小孩上学不可以随便缺席，妈妈自己就留在医院里等检验报告。齐齐折腾了一夜，早上撑不住，刚才就在教室里睡着了。

老师也打了哈妈妈的手机，知道哈敦敦是盲肠炎，中午会开刀，一切都还好，哈齐齐听老师说，盲肠炎不是大病，不会死，就放心地去睡了。

不过老师却又转述了一句哈齐齐的话，老师说：

"哈齐齐说，刚才他在教室里睡着了，但睡得不好，因为心里一直想着姐姐，而且他知道自己流了口水。他想，啊，流口水会给同学笑，他很想擦掉口水，但他又睡得迷迷糊糊没力气去擦。正在这时候，他觉得有人来为他擦了口水，他以为是姐姐来给他擦的，但一想，姐姐不是在医院吗？难道姐姐死了？变天使了？所以才回来的吗？他在梦里哭了又哭，好在老师把他叫醒了，他想知道，同学中有谁帮他擦了口水吗？他想谢谢这位同学！"

但没有人承认，雅文当时动作很快，而同学下课都急着跑出教室，看到的人只有文彦彦，而文彦彦当然要保密啦！

"奇怪啊！"老师说，"看来我们教室里真的有个藏起来的天使呢！不过，不管怎么样，我都替哈齐齐谢谢这位天使了！"

我要去讲给同学听！

今天是礼拜六，文彦彦不用去上学，爸爸也不用去上班，平常这一天文彦彦都很快乐，因为他可以慢慢吃早餐，并且跟爸爸聊天。

对，只有彦彦才能跟爸爸聊天，妹妹就不能。妹妹最讨厌了，她都不肯好好说话，她说着说着就撒起娇来，整个人像块牛皮糖似的，黏在爸爸身上，好恶心。

而且，最讨厌的是彦彦每次跟爸爸说话说到一半，妹妹就会来插嘴，而且插得乱七八糟，例如彦彦问爸爸：

"奈米是什么呀？"

爸爸还来不及回答，妹妹就抢着说：

"就是爆米花啦！玉米也可以爆玉米花哦！"

居然说出两种米来，好像她很有学问似的。

什么跟什么嘛！妹妹简直没有科学头脑。

可是今天文彦彦早上起来就闷闷的，不想讲话，他被昨天的"口水事件"弄得很烦，凭什么做天使就要擦别人的口水？更可怕的是，搞不好还要擦别人的大便呢！这是谁定下的规矩呀！这些事文彦彦都不想跟爸爸聊。

今天的早餐是包子和稀饭，包子是爸爸昨天买回来的，彦彦很喜欢这款包子，又大，肉又多。彦彦不喜欢另外一家的小笼包，很

不好咬，一不小心就会流出汤汁来，把衣服搞脏，很烦，又贵，又不饱，可是妈妈和妹妹都喜欢，哼，这些女生！

但是，好包子，加上爸爸坐在餐桌上，这些，都不能让彦彦快乐起来。

妈妈也觉得彦彦今天怪怪的，特别是他忽然冒出一句：

"妈妈，妹妹以前很爱流口水，对不对？"

妹妹吓了一跳：

"什么啦？你才爱流口水！哥哥最讨厌了！"

"小时候，大家都会流口水！"妈妈说。

"可是，我记得她以前有一次在颈子上围了一圈饼，叫作'收涎饼'——后来她就不流口水了。而且她还穿过一种粉红色的围嘴，可以接口水的，那时候，她的围嘴成天都湿湿的。"

"咦，收涎饼？真有这么回事吗？我怎么不记得？"爸爸放下报纸。

"有照片！"彦彦说着就去把妹妹小时候的照片本找了出来。文妈妈喜欢买各式各样的照片簿，而且她也喜欢整理相簿。爸爸常嫌妈妈烦，他认为什么资料只要放进电脑里就一劳永逸了，可是妈妈不同意，她说：

"你要那样存是你的事，我喜欢这样存，你不要管我，我也没管你呀！我们各人用各人的办法吧！"

妹妹满四个月时的照片本是妈妈在美国旅行的时候买的，整个本子放在架子上，看起来像一本古代的西洋书，其实打开来是相本。平时有客人来的时候，彦彦最爱拿这本给客人看，客人一面看，他一面解释，客人看完彦彦总会加上一句：

"你看，我妹妹以前好小哦！"

妹妹也不太反对哥哥这样介绍她，哥哥说她小她就傻笑，并且不忘加上一句：

"你也有小过，爸爸和妈妈也有小过。"

文彦彦因为常拿这本照相簿，所以现在顺手一抽就拿到了。

"咦！"爸爸看了照片非常惊奇，"我怎么都不记得有这个镜头，我那天也在家的啊！"

"我想起来了，"妈妈说，"那天中午本来要让妹妹带一串'饼项链'来挂在脖子上照相的，讨厌的是菜场里卖饼的阿婆说中午来不及交货，我明明一个礼拜以前就给她订金了，她却说要下午三点以后才能给我。因为，那一阵子刚好碰到端午节，他们全家都在忙着包粽子卖……所以她快吃晚饭才送来，那时候你刚好去机场接朋友了，我就自己给她照了……"

"可是这是什么怪玩意？一定是个什么鬼迷信！"

"我不是迷信！"妈妈有点生气，"这是你妈妈交代我做的，我就照做了，我觉得这是一个很好玩的习俗，花钱不多，却是一辈子的记忆！"

"而且，后来妹妹果真就没流什么口水了！"彦彦也站在妈妈那一边。

"妹妹不再流口水是因为她后来长大了，肌肉强健了，像你，你满四个月的时候没挂收涎饼，你也没有再流口水啊！"

"我为什么不收涎？"

"那时候你奶奶刚好生病开刀，"妈妈说，"家里天天都兵荒马乱的，你奶奶就忘了提醒我了。我娘家在马来西亚，我们家比较洋里洋气，不懂这些奇怪的老规矩——不过我觉得这老规矩倒挺有趣的！"

"我看这件事什么趣也没有！"爸爸仍然不屑。

"好啦，少啰唆，你妈说呀，你小时候也收过涎的！"

"哈，哈，爸爸也收过涎，可是爸爸没照相！"妹妹高兴地拍起手来。

"不过，"爸爸好像想转移话题了，"彦彦你问收涎的事干吗？你想挂收涎饼现在也来不及啦！那是满四个月那天挂的。"

"我只是问问。"彦彦一时也不知怎么说下去，但撑了不久他还是忍不住接下去问，"妈妈，妹妹那时流口水，你就帮她一直擦口水吗？"

"我也不记得了，大概是吧！不过，应该也擦过你的口水吧？

哦，对了，我想起来了，有一次去吃喜酒，我穿了一件漂亮的套装，但手上抱着你，你趴在我肩膀上睡着了，结果口水流了我一肩背，害我碰到熟人说话都小心地转来转去，不想让他们看到我的背面……"

妈妈一面说，一面站起来学动作，那尴尬的样子让大家都笑了。

"咦！对，我也想起来了。"爸爸说，"那时候彦彦还不到四个月……"

"哥哥丢丢脸，流口水在妈妈背上，害得妈妈说话都转来转去……"

彦彦瞪了妹妹一眼，不过，这一次妹妹插嘴插得还算正确。

"擦口水，"彦彦盯着妈妈问，"恶心不恶心，黏黏的呐！"

"擦口水算什么！"爸爸接过话题，"现在吃饭不好说，比口水更脏的东西，我们也帮你们擦过！"

"啊，我知道了，"妹妹大声说，"就是大便啦！"

"讨厌死了！"彦彦叫了一声，决定离开桌子。

唉！妹妹真恶心，但她今天说话总算都搭得上别人的话。

爸爸也离开桌子去看电视，彦彦陪妈妈一起去洗碗，妈妈说：

"彦彦，你看，其实碗也有点脏，洗碗也有点恶心，但如果你爱你家里的人，也就可以忍受了。"

彦彦正要再一次强调口水很恶心，爸爸却在叫他去看电视，爸爸叫得很急：

"彦彦，碗等一下洗，电视正在报一条很特别的科学知识哦！"

嗯，科学知识很重要，不管想做神探或天使，都要有科学头脑。

于是彦彦赶快跑去听，却听得一头雾水：

"爸爸，他说'湿地'，就是湿湿的地吗？我们家浴室也是湿湿的地呀！"

"别急，慢慢听，等一下镜头上一定会有鸟有蜻蜓，很漂亮哦！"

彦彦耐心看了五分钟以后，觉得这块湿地真是太神奇了，忍不住大叫一声：

"啊哟，这湿地真好玩，我一定要好好看完这节目，这样，礼拜一我就请老师让我上台讲这个故事。"

说完这句话，彦彦忽然觉得快乐起来，啊！对了，口水不口水的事其实也不用去管它了，礼拜一能去讲科学新知给同学听，应该也可以算是"好天使的好行为"了。

电视的节目里果真出现了蓝天、白云、水草、红头水鸡、红蜻蜓和白鹭鸶，漂亮得不得了。

彦彦笑了。

"妈妈，妈妈，你看哥哥一面看电视一面在笑哦，好像个小天使耶！"

"笑就笑，笑也不算什么，"妈妈有点烦，"笑了就能变天使，那也太容易了吧！"

"可是哥哥笑得很开心的样子，他平常很少这样笑，他平常都笑得很大声，而且，他平常的笑都是在笑我笨！他今天笑得不一样，没有声音，可是，可是，可是就是很像天使啦！"

哎哟，彦彦想，妹妹好像真的长大了，不但不流口水了，而且说话还能说得这么有道理，彦彦第一次有点佩服妹妹了，希望她不要太快变成"聪明过头"，否则被她看破天使的秘密就麻烦了！

劝说天使

"今天，有哪一位小朋友想跟大家一起分享一个故事吗？"

问话的老师姓方，她是故事老师，她很年轻，穿了一件有白色大蓬袖的鹅黄色的衣服，裙子上有两个镶了花边的大口袋，头上还绑了一根有蝴蝶结的鹅黄色的缎带，大家都很喜欢方老师。

有两位小朋友举手。一个是杜君若，一个是文彦彦。不对，其实还有半个，那半个是黄靖雄，为什么说他是半个呢？因为他自己没举手，反而是坐他隔壁的唐安怡拼命推他，并且说：

"老师，老师，黄靖雄有个故事哦！他有个大象的故事！"

黄靖雄却扭来扭去，说：

"不行啦！那个故事不好听啦！你讨厌啦！"

坐在黄靖雄另外一边的黄新基也说：

"他那故事真的不好听！我听过，我不要再听！"

方老师就叫杜君若先讲，杜君若好像事先已经准备好了，因为她今天穿得特别漂亮。哎呀，她那件裙子底摆上也有好多花边呢！而且，她的头发左右都有发夹，发夹是一对小蜜蜂哦。

文彦彦有点生气，他想，唉，讨厌，这些女生，要讲故事就讲嘛！干吗还要去穿那么漂亮，早知道我也去打个小领花。不过，算了，穿得普普通通也没什么啊！只有女生才会那么讨厌，才会为了讲故事而穿漂亮！

杜君若讲的是一只小山羊和一只小绵羊的故事，她讲得不错，她还学羊叫，把大家都逗笑了。但文彦彦却一直在想，她所学的咩咩叫声是一样的，不知道真的绵羊和山羊的叫声是不是一样的？不过，唉，算了，女生都没有科学头脑，真拿她们没办法。

这种问题一时也找不到人来问，也许可以问哈齐齐，他是蒙古人。不过哈齐齐还得打长途电话去蒙古问，哈家在台湾并不养羊……

杜君若的故事很快就讲完了，文彦彦很高兴自己是第二个讲的，他觉得这样可以不必急着把时间留给下一位，还挺不错的。

文彦彦上台的时候带了一些图片，方老师似乎吓了一跳。文彦彦的图片是昨天爸爸对着电视拍的，拍完了，透过电脑取出了纸片，文爸爸又自己把纸片过塑了，让彦彦带来学校。不过一开始彦彦没让大家看图片，只问大家几个问题：

"大家知道什么叫'湿地'吗？"

大家愣愣的，不知彦彦在问什么？

"我们幼儿园的地是干的还是湿的？"文彦彦又问。

"应该是干的——不过下雨天也会湿啦！"王美仑说。

王美仑叫王美仑，是因为她妈妈怀孕的时候，很想念住在花莲的阿嬷，所以就坚持回花莲看阿嬷一趟。她自己开车，可能累到了，结果美仑就早产了两个礼拜。本来她的生日应该是九月一日，结果却在八月十四日出生了。不过，如果不提早出生，她就不能跟她亲爱的同学，像哈齐齐或唐安怡或连雅文同班了！而且，她现在还会在中班，王美仑为这一点很高兴，她更高兴的是她跟妈妈一样出生在花莲，花莲有座山叫美仑山，美仑的名字就是这么来的，对了，美仑的阿嬷是阿美族人。

"我第一次听到湿地的时候，还以为是浴室，浴室的地都是湿湿的嘛！"文彦彦说。

"咦！你是在讲故事吗？"唐安怡问，"湿地是故事吗？"

"是不是故事我不知道怎么说，不过，应该很好听啦！"

其实这个问题文彦彦早就想到了，他想，同学平常只爱听故事。可是故事是"假的"，湿地是"真的"，"真的"不是更该听吗？只是如果他们不爱听怎么办呢？

"你们看，这张图片，很漂亮吧？"

"这是翡翠鸟，我知道，"陈旭光说，"长得红红绿绿很漂亮哦！但是，你不是要讲湿地吗？"

"对，我要讲湿地，但我先给你们看看鸟。你们想，这么漂亮的鸟当然要有漂亮的家啊！水鸟的家就是湿地。你们仔细看，这只翡翠鸟下面雾蒙蒙的地方就是湿地了。"

"你左手拿的那张是什么？"连雅文问。

"是一种鱼，叫和尚鱼，很多年都没看到了，我们不能看到它，是因为它们没地方住，后来河岸的垃圾被清了，让河岸边上有水又有草，它们就回来了！"

"奇怪，是谁去告诉它们现在河岸上有水又有草？"陈旭光又问。

"我猜是因为它们自己很聪明，它们自己到各处去找好环境——它们又没有手机可以打听。"

"啊！我想起来了，"哈齐齐说，"我去过一次蒙古草原哦！我爷爷的妹妹带我去的，就是我姑奶奶啦！蒙古草原到处都干干的，可是也有湿地哦，碰到湿湿的地就漂亮得不得了，水里还有野天鹅在游泳哦！"

"哇！这么好！"文彦彦忘了自己是讲故事的人，竟然大叫了一声，"下次你姑奶奶叫你去的时候，你也要叫我一起，她肯不肯带我？我自己出飞机票钱！"

"哇！你这么有钱！"这一次说话的是李子欣，他平常话很少。

"不是啦，我可以做家事赚钱。"文彦彦有点不好意思。

"蒙古沙漠上热不热？我也好想去哦！"说话的同学是林从善，他有一点兔唇，下个月要去开刀，平时不爱说话，现在居然也发问了。

"蒙古沙漠有点热，"哈齐齐说，"但有水草的地方却很凉快，不过，有一点很可怕，你们去了会受不了！那就是有很多蚊子，你一张口说话，蚊子就都跑进嘴里去了，吓死人啦！不过，不过好在只有七月份有蚊子，八月就没有了。"

"哎呀！这，你就不懂了，有蚊子，对湿地来说是好事啊！"文彦彦说，"有蚊子，小鱼才有蚊子的幼虫可以吃，鱼吃胖了，天鹅才有东西吃——而且如果附近有蝙蝠的话，蝙蝠也会觉得有蚊子吃很幸福喔！"

"哦！我想起来了，上次有个奇怪的'立法委员'在电视上讲话，"连雅文也很兴奋，"人家说要保护湿地，他就骂人家，他说'什么湿地，什么白鹭鸶！那块地有什么好，白鹭鸶，那里的蛇比白鹭鸶还多呢！那么多蛇的地方，有什么好？'结果有个专家就笑了。专家说，'哎哟，委员呀，这你就外行了，在我们做环保的人看来，一块地上如果有蛇，那就太好了。有蛇表示鹰类就有食物了，有蛇代表那块湿地是块好湿地，生态很完整，值得好好保护哦！'"

"啊！很好，"文彦彦好像找到知己了，"看来连雅文也很懂湿地呢！我们大家都来关心湿地吧！"

"可是我们是小孩子,我们怎么关心湿地?湿地又不归我们管!"唐安怡问。

"湿地虽不归我们管,"哈齐齐站了起来,嗓门也大了起来,"五十年后总统副总统都死了,用这块土地的人是我们小孩子啊,还有我们生的小孩子啊,当然我们应该要来关心了。"

"关心?怎么关心哪!"陈旭光有点不屑,"大家都只会说!"

"我也不知道怎么做,"文彦彦看来有些沮丧,"但譬如说,我们排个戏,演给中班和小班的看,或者在毕业典礼时演给爸妈看,说不定有些爸妈就是当大官的人,或者他们的朋友是当大官的人,他们听了我们的建议就明白了,知道湿地虽然看起来湿湿的,但千万不可以把它填起来盖房子,这样是会破坏环境的……"

"盖个房子,都不行吗?"

"对,我们的环境需要有湿地,我们的政府和人民以前都不懂,把很多湿地用干土乱填掉了。现在开始,我们不能再破坏环境了!"

"不破坏环境是为了鸟吗?"黄新基说,"没关系,澎湖有很多鸟,我上次回去看到的……"

"不仅为鸟……"文彦彦急了。

"我阿嬷是少数民族,我阿嬷说,她听她阿嬷的阿嬷说,从前的台湾是很美丽的。"王美仑说着就走到台上去了,和文彦彦站在一起,"那时天上有很多鸟,水里有很多鱼,山上有梅花鹿、水鹿,山高的地方还有云豹。我阿嬷的阿嬷的阿嬷说,哇,云豹的眼睛美到不行……"

王美仑的眼角湿了，文彦彦的眼角也湿了。

文彦彦很气自己，他没有把故事讲好，好像没让大家感动，场面又乱，时间也到了，他今天想做"劝说天使"，却没有做成功。

但是，奇怪，方老师却在擦眼泪，方老师为什么哭了，文彦彦有点傻了，但带着晶莹泪水的方老师看起来多么像个天使啊！

聆听天使

"一定不准哭！"文彦彦对自己说。

但是，为什么不可以哭？他也说不上来。

难道有一条"天使法"，禁止小天使哭泣的吗？应该没有吧？

那么，为什么不准哭呢？文彦彦其实是非常非常想哭的啊！

"对，一定不准哭。"

但哈齐齐上个礼拜哭过，他是因为姐姐生病哭的，大家并没有笑他。蓝如斯今天一大早也哭过，她是因为跌破了膝盖哭的，老师还替她擦药，安慰她半天。"不过，不管别个小男孩小女孩哭不哭，我是不哭的，我文彦彦是不哭的……"

走出教室远远地听见古筝的声音，文彦彦本来以为是王伯伯在弹，但分明看见王伯伯正在浇花，咦？奇怪，原来另外还有一个弹筝的人。

文彦彦赶快跑去看。但跑到一半就被王伯伯拦了下来，王伯伯小声跟他说：

"文彦彦，你来看，这里有一只好玩的东西！"

如果是平常，文彦彦一定好奇心大发，赶着想看是什么稀奇玩意，但现在他只想知道是谁在弹古筝？彦彦平常并不懂古筝，只觉得叮叮咚咚还蛮好听的，但此刻他却觉得这人弹得非常好，好像比司机伯伯弹得更好，那声音更甜——但也更苦。

"王伯伯——是谁在弹古筝？古筝不是你的吗？"彦彦小声问。

"你绕到石头那边不就看见了吗？"王伯伯小声说，"古筝是我的，但其实是她送我的。其实这古筝本来也不是她的，是别人送她的。"

"别人，什么别人？"

"我不告诉你。"

绕过那块又大又宽还长着许多小树的石头，彦彦看到另外一面的石洼里有个人坐在那里，原来那人是方老师。

"哎呀，方老师，原来是你，你弹得真好听呐。"

"这曲子叫《平沙落雁》，送我古筝的人顺便教我的！很好听吧？"

"送你古筝的人是你的男朋友吗？"

"现在不是了，已经分手了。"

"他是很好的人吧？为什么要分手呢？是他要跟你分手，还是你要跟他分手呢？"

"啪！"一声，古筝的弦断了一根，方老师不弹了。

"唉，你真是人小鬼大啊！不愧是神探文彦彦呐！好吧，我告诉你，不是他要离开我，也不是我要离开他，是我爸要我离开他。

我爸还为了这个要我出国，但两年后我回来，发现他也没女朋友，我也没男朋友，我们彼此还是喜欢对方——"

"你爸为什么反对？"

"我爸身体不好，不顺着他，他就会心脏病发作。他反对我跟志宏交往的原因说来话长，我也不知道你听不听得懂，好吧，我就试着跟你说吧——"

"王伯伯就在那边浇花，你的秘密不怕他听去吗？"

"啊，不要紧，王伯伯是第一个知道这个秘密的人，你是第二个。我当时也想，既然两家不和，算了算了，我就把这段情感断了，所以就把古筝送给王伯伯了。不然天天见到古筝就像见到志宏一样，很受不了呐！但有个条件，就是我来学校的那一天，他不许弹，免得我听见伤心，好在我一星期只来两次——"

"那，其他的时间你都去了哪里？"

"我去另外两家幼儿园去说故事、听故事——"

"说故事、听故事也可以变成职业吗？"

"对，因为人需要故事，小孩子尤其需要故事。"

"刚才你说你爸爸反对，你爸爸为什么反对呢？你男朋友很穷吗？"

"对，有点穷，但问题比穷更严重。不过，你现在不能再跟我说话了，你要上课了，我等你，等你上完早上的课，等你吃完午饭，我跟你们老师说一声，让你晚一点去午睡，我中午再跟你说。"

哇，这段时间真难熬啊！好不容易，中午到了，太阳很大，

但大石头那里还好，因为有一棵雀榕树，所以阴阴凉凉的。文彦彦发现了一个绝妙的聊天方法，那就是方老师坐在那个凹洞里，自己则爬到石头上面躺着，有时仰躺，有时趴躺，有时侧躺。太阳从叶隙照下来，圆圆的一个个光点随风摇曳。啊，干吗要去午睡？真无聊啊！

　　下面，是方老师讲的属于她自己的故事，方老师本来是个很会讲故事的"故事达人"，她的表情丰富，眼睛又有神采，声音更是铿锵好听，有时还加上蹦蹦跳跳的动作，小朋友都会被她迷住。但今天，奇怪，她讲自己的故事，却讲得平淡无奇，天哪，简直是索然寡味。不过，彦彦却感到方老师平平的声音里有一点淡淡的哀伤！

　　"你知道吗？彦彦，我第一次碰到志宏的时候，他就跟你一样大，地点呢，也就在这个幼儿园，这是二十多年前快三十年前的事了。而且，说起来恐怕你也不信，我们最喜欢玩的地方，就是这块大石头了，而且，志宏说，他最喜欢躺在大石头上面了。"

　　哎呀，彦彦吓了一跳，他还以为爬上大石头的动作是他第一个发明的呢，原来二十多年前人家志宏大哥就已经这样做了。

"志宏从小就是个好孩子，有礼貌、勤快、点子又多。他长得不高，只能勉强算是中等身材，而且，他也不会打架，但他正义感超强的，有不好的同学欺负别人，他一定挺身而出。奇怪的是，也许因为同学都佩服他吧，他只要一劝告，事情就会平息了。"

"他口才很好吗？"

"唉，烂透了，他的口音太重，发财都被他说成'花财'了，飞机都被他说成'灰机'了。他的文法也不对，例如他会说：'老师，他给我打。'而且，他一紧张就有一点口吃。——不过，他讲话的时候总是用非常诚实的眼睛望着对方，我觉得连他那些结结巴巴的口气也非常感人，例如他会说：'哎，我……我……我……我真……真……真的觉得你这样做，是不……不……不……不对的呀！'别人看他急成那副德性，也就感动了，两人各让一步，事情也就解决了。

"我们读同一所幼儿园，读同一间小学和初中，大家都看好我们，大学的时候我读了口语传播，他读了环境工程。唉，本来毕了业就想结婚的，但这时候他忽然跟我父亲起了严重冲突！"

"他不是很厉害，很会解决纠纷吗？"

"唉，牵涉到利益就难说了！"

"是谁不对？"

"要说不对，是我爸不对！"

"如果是你爸不对，你怎么可以站在你爸那边不理男朋友呢！"

"是啊，我也不对，可是我没办法啊——"

"到底是什么事呢？"

"是这样的，他读了环境工程系，毕了业，一心便想要来保护台湾的环境，他说台湾被破坏得太厉害了。他说，我是学口语传播的，如果我们结了婚，一起做环保，一定会很成功，因为一个可以宣传理念，一个可以实际行动。想得倒好，可是，没做几天就出事了——"

"什么事？"

"志宏的工作非常辛苦，为了整治河川，他有时像忍者龟一样，躲在地下水道里。深更半夜，他等在那里要抓看是哪一家工厂在排放工业污水。结果，他真的抓到了，但没想到抓到的竟是我叔叔的工厂。我爸爸起先听了很庆幸，他私下对我说：'啊呀，原来刚好是阿宏呀，没事没事，阿宏就快变成我女婿了，女婿就是半个儿子，我叫他注销一定没问题！'"

"不行，不行，"文彦彦大叫了一声，"你男朋友一定不可以放过你叔叔，排污水是害我们大家啊！"

"彦彦，你说得对，志宏果真不答应。我爸爸就拍桌子了，他甚至还想找人打他呢！他说：'哼！你交的男朋友是什么猴囝仔，居然没结婚就敢来管岳父，要知道工厂虽是你叔叔开的，可是我们兄弟没有分家，你读大学也是你叔叔出的钱，你阿公阿嬷也是你叔叔在养，经营工厂不容易，都要照上面的规定，大家赚什么？吃什么？你阿公阿嬷谁来养啊！叫他们去死吗？'但志宏是绝对不肯放弃原则的，我们的婚事就吹了！"

停了好一会，有一只蝴蝶飞来又飞去，方老师接着说："彦彦，老实说，你今天讲湿地讲得并不好，乱乱的，但我很感动，我觉得我好像看到另一个新的志宏，一个环保小天使。好好努力！你将来会成为守护这个城市的天使！而且，今天，你听我唠叨了那么多，你真是我的聆听天使！"

"可是，"彦彦并不为那番赞美感动，"要我做环保天使可以，但如果我的女朋友跟她爸爸站一边而不理我，我会气疯！——方老师，你真的不肯再跟你男朋友好了吗？"

"唉，彦彦小天使，有了你这么勇敢的指责，我想我可以重新考虑考虑，因为最近我父亲得了老人失智的毛病，我的母亲多年前就走了，我想我至少可以先跟志宏恢复来往，然后办个公证结婚，我真的很对他不起。"

"哼，这样做才对，你们女生最讨厌了，都怕爸爸，明明你男朋友才是对的——"

"好了，谢谢你，彦彦小天使，你快去睡午觉吧！我也要去把这古筝的弦修一修了——"

这些鱼，是哪里来的？

"彦彦，"爸爸说，"你准备一下，我半小时以后要出门，你要跟我一起出去。"

"为什么？为什么我要跟你一起出去？我想在家里看图画书。"

"因为等一下妈妈也有事要出门，你一个人在家是不行的，那是违法的！"

"违法？"

"对，小孩不可以单独在家。"

"为什么不可以，怕我们自己在家乱玩火吗？——我不会啦！"

"不一定是你玩火，别人玩火也可能延烧到我们家——反正小孩十二岁以前是不可以单独在家的，如果犯了法，警察会来抓爸爸妈妈哦！"

"我从来就没听过哪个同学的爸爸妈妈被警察带走……"

"那是因为邻居没去告，警察也没发现——但是违法还是违法，违法的事就不该做！"

"好吧，但是你要我'准备'什么？"

"爸爸今天要去陈叔叔家，陈叔叔是爸爸的朋友，他是建筑师又是设计师，我们家厨房最近要改装，所以要去找他谈谈。这栋房子有二十年没有装修了，你妈妈在厨房里

做事很不顺手，光线也不够好……我怕我跟陈叔叔谈事情你一个人无聊，所以叫你准备带些玩具和故事书去自己玩……"

"我觉得我们的厨房很好呀！窗外还吊着些非洲凤仙花呢！——不过，如果不好用，你们为什么以前不修，等二十年才来修？"

"哎哟，你真啰唆耶！这房子虽然有二十年，但我们买下来只有八年，它的第一任主人把它卖给我们，我和你妈妈那时候要结婚，没有钱，也就随便住。后来生了你们变得更没钱了，所以这房子才一直没修，现在来修，也只是先修厨房……"

"所以说，我们现在有钱了？"

"没有，但是我们的房贷还完了，所以现在我们可以再贷一笔修房子的钱——也就是说，如果你欠银行的债还完了，就可以再贷，俗话说，'有借有还，再借不难。'不过修房子这事很麻烦，你真要知道吗？这种事让爸爸妈妈来烦恼就好了——你嘛，等你将来娶太太的时候再来烦吧！"

"哎呀，我是想知道你们要谈些什么？如果你们讲话我也能一起讲，我就不用带故事书了，故事书如果带十本也很重呢！"

"我会开车去。"

"不要开车，老师说，要尽量坐公交车或搭地铁，这样比较不会制造二氧化碳，对地球比较好喔！"

"哇！哇！不得了，我们彦彦什么时候也跟着妈妈一起变成环保专家了？真是伟大！"

"这不是'伟大'，这只是'应该'！"

"我们说到哪里了——好了，我们坐地铁去，省得找地方停车，你只带一本故事书，路上我讲给你听，等到了陈叔叔家，他家也有很多书，你就去翻他家的书看就好。"

"好啊！好啊！我最爱看别人家的故事书了！我们家那几本我都看烦了——"

说着，父子两人就出发了，爸爸还背了个大背包，包包里只有一本彦彦的图画书，还有几张广告纸，另外还有一壶水。广告纸有浅黄的、粉红的和淡蓝的，都是人家丢在信箱里的，妈妈捡起来，整理好了放在抽屉里。妈妈说广告纸的背面是可以用的，彦彦画画用的就是这种纸。爸爸笑妈妈太省，省到"一个螺蛳打十八碗汤"，意思是指一颗贝壳居然加十八碗水来煮汤，那汤当然会变得淡而无味，但却达到省钱的目的了。不过妈妈却说那叫环保，爸爸怨归怨，今天却也自动拿着这种纸上陈叔叔家去了，看来爸爸今天也要画些图样给陈叔叔看。

说到陈叔叔，彦彦记得有三个陈叔叔，一个又瘦又高又黑，另一个又矮又胖又白，另外一个留了好长好长的头发，今天爸爸拜访的是第三个。好久没见，他那好长好长像女生的头发里面有了一两根白头发。

彦彦一路上本来都在想，爸爸和陈叔叔聊天时，自己该找到一个什么位置，彦彦最喜欢"角落"，最好又有角落又有光线，然后躲在里面就不用出来了。但没想到等走进陈叔叔家的大门，他压根连房门也没走进去，他被院子里的水池迷住了！

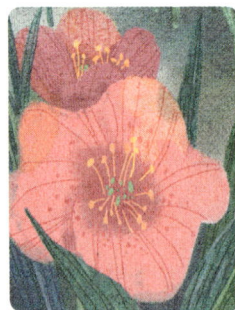

陈叔叔家住在公寓一楼，院子并不大，他却挖了一个小水池，水池方方的，是个水泥池，里面有浅浅的水，水是自来水。跟上次在新竹看到的刘爷爷家的水池相比是差远了，刘爷爷家在半山上有一栋大别墅，院子里凿出大水池，养着几百条鲜红肥美的锦鲤，池边上又有大石头，石缝里开着好看的花，山泉水从竹筒里巧妙地流出来……

陈叔叔的池子又小又浅又没什么山泉水或鸢尾花，但彦彦一进门就忍不住大叫了一声：

"有鱼！好多小鱼！"

因为水不深，很安全，陈叔叔就答应文彦彦脱了鞋走进水池去玩，文彦彦用双手抓鱼，前后一共抓到三条。

"这是什么鱼？颜色灰灰的，好难抓呀！"

"它叫大肚鱼，是台湾小河沟里最常见的小鱼，灰灰的，是因为这样敌人才吃不到它呀，它干吗长得红红的来让你抓呀？"

爸爸和陈叔叔坐在客厅落地窗前谈话，落地窗外就是水池，所以彦彦随时要问问题都很简单。

"我没有看过人家卖这种鱼——你们去哪里买的？"

"这鱼不是买的——你猜它们怎么来的？"

"朋友送的？"

"不对。"

"自己去池塘抓的？"

"也不是。"

"有人来放生吗？"

"没有。"

"咦？这我就想不出来了——"

"我告诉你，但你要相信我没骗你。我五年前搬来这里，当时心里就很想挖一个小池子，院子小，也不能挖大池。我只要一个小池，浅浅二十公分高的水，这样就好了。我也不打算做什么假山假石，没想到，池子弄好以后，里面居然游起些小鱼来了，水泥做的池子，里面怎么会有鱼呢？我想来想去也想不明白，而且，水也只是自来水厂供应的自来水……"

"所以，陈叔叔，你也不知道这些小鱼是怎么跑进来的？"

陈叔叔笑着摇摇头，但他的神气似乎在说：

"上帝，他老人家，做起事来是没什么道理可说的。"

"不过，"陈叔叔一面看爸爸的图样，一面说，"有个朋友的解释我认为还算合理，你随便听听就好，这朋友是诗人，她说：'一定是这附近有一条小溪，或者一片池塘，那水里有大肚鱼。然后，有一只鸟飞过，鸟看见水里有鱼，就去吃了水里的鱼。吃完了，它又飞开了。可是鸟为了保持身体轻盈好飞，常常会很快就大便了，大便太快，有些东西就来不及消化，那些吃下去的鱼里面有些可能是怀孕的母鱼，飞鸟从天上抛下鸟屎的时候，把细小的还没有消化的鱼卵也一起抛下来了。这种鸟屎如果掉在人家的车顶上或者人家的帽子上，或刚好落在仰天大笑的人的嘴里，那一定被人骂翻！但那一天，它刚好掉在这院子的小池塘里，鱼卵又回到水里来了。太阳照着水，水暖暖的，没有人知道鸟曾在水泥池子里拉了鸟屎，没有人知道鸟屎里居然有生命。然后，忽然有一天，小鱼就孵出来了！小鱼满池游，你们都傻傻愣愣不知小鱼怎么来的，它就是这么来的呀！'"

"哎哟！哎哟！"文爸爸叫起来，"说得真神哪！不愧是个女诗人！"

"对呀！"陈叔叔说，"我们也是这样笑她的，她却很生气，她说，'你们以为我会写诗就不懂生态了吗？我刚才说的虽然不是我亲眼看见的，但也是有根据的哦！你想想，阳明山顶梦幻湖里怎么会长出水韭来，水韭是远在大陆东北地区的植物啊，它怎么会自己跑来亚热带生长？是候鸟带来的啊！阳明山顶刚好也冷冷的，所以水韭就移来台北住了，植物的种子可以靠鸟搬家，动物的卵当然也可以靠鸟搬家啦！'我们朋友说她不过，也就暂时接受了她的'张氏学说'。当然，也有几个朋友对'鸟屎说'有点不满意，觉得有点恶心，但想开了，其实也没什么啦！庄子说过，'在大便小便里面也有了不起的大道理呀！'"

彦彦本来非常热心抓鱼，想跟陈叔叔讨来回家养，但陈叔叔说的故事太精彩了，彦彦一失神，竟让三条小鱼在浅碗里都蹦回池子里去了。

啊！这世界竟是这么奇妙，飞鸟拉了一坨屎，竟有了满池的鱼，彦彦愣愣地站在水池里，有些事情他好像懂了，好像又不懂，阳光和微风把水影晃到他脸上来，他一径痴痴地站着。

"你看！"陈叔叔小声说，但彦彦其实也听见了，"阳光照在你儿子身上，他看起来多么像个闪闪发光的小天使啊！像个刚刚开始有了智慧的'迷惑天使'！"

哈齐齐的请客名单

哈妈妈一共生了两个小孩，姐姐哈敦敦和弟弟哈齐齐，他们两人相差三岁，这一切都很正常，但奇特的是哈敦敦和哈齐齐的生日都是六月六日，唯一的差别是姐姐是晚上十点钟生的，弟弟却是早上一点钟生的，所以哈齐齐每次听到姐姐说：

"你要听我的话，我比你大三岁！"

都会反驳，说：

"哼！你才没有比我大三岁！你要提早二十一个小时出生才能比我大三岁。"

这两个人每年都一起过生日，大部分的时候他们都很得意，因为别人家里的妈妈没办法把两个小孩的生日生在同一天。但两人偶然也会叹气，说：

"哎呀！妈妈最小气了，把我们两人生成同一天，害我们每年都只能合吃一个蛋糕呢！"

今年两姐弟又要过生日了，哈妈妈决定分两次过生日，弟弟哈齐齐提早一天在六月五日过，因为六月六日凌晨一点事实上跟六月五日也很接近。而且，一般对老人家也有个"暖寿"的习俗，暖寿就是提早在前一天晚上先过生日的意思。哈齐齐第一次听到"暖寿"这样的词儿忍不住笑起来，事实上他本来就在偷笑，但不好意思大笑，因为太高兴好像表示不爱跟姐姐一起过生日似的。哈齐齐很爱姐姐，尤其姐姐最近盲肠炎刚开完刀，哈齐齐每次看到姐姐手按伤口忍痛的样子都想大哭，但第一次自己过生日，哈齐齐仍然觉得拥有自己的生日比较有趣，只是本来不好意思笑，后来听到"暖寿"两字忽然有了理由大笑，就笑起来了：

"哎呀，妈妈，你说'暖寿'，我知道啦，爸爸开车前要'暖车'，你游泳前要做运动'热身'，我过生日也要前一天来'暖寿'，那我过完了六月五日的，六月六日那一天，我还是要过的哦！"

"哼，你不要太得意，今年让你提早过生日是例

外，不是为了你，是为了你的同学，你姐姐生病住院的时候，大家都很关心你，所以我想周末请些你的同学来家里玩，也不能太多人，请五个就好，最多六个。等六月六日轮到姐姐请同学——也是最多六人。"

"啊！我要请连雅文，还有文彦彦……"

"哼！成天连雅文连雅文的，我就知道你喜欢连雅文，"姐姐本来在一旁整理她的五个洋娃娃，她说生了病都没照顾好娃娃，"你还不承认，现在，你第一个想到的又是连雅文……"

"可是连雅文不是我女朋友，我现在还没有女朋友，我才不要跟女生玩……"

"好啦，敦敦不要捣乱，齐齐你再说下去，我要做名条给大家挂，不然，我会忘记他们的名字。"

"还有黄新基——就是我说上次回澎湖扫墓，回来晒得像只大龙虾的那一个。"

"现在还像龙虾吗？"哈敦敦问。

"不像了，他褪了一层皮——还有陈旭光。"

"哎呀，"敦敦叫起来，"就是那个拿甘蔗汁浇火的那一个嘛！不过，妈妈，你不是说过一定要齐齐请一个……一个……反正不能全部都请自己喜欢的同学！"

"这是什么意思？"哈齐齐吓了一跳，"不能都请自己喜欢的同学？难道要请自己不喜欢的同学？"

"对了，差不多就是这个意思。我跟你姐姐商量，发现你回家来提到的同学名字好像就是固定那几个，所以猜想起来，一定是有的人你不喜欢，或是有的人不喜欢你，所以趁着……"

"我没有不喜欢谁！也没有谁不喜欢我！"哈齐齐有点生气。

"但是，你想想，有些同学，你可能从来都没有跟他们讲过一句话——你想，现在已经是六月了，你们幼儿园就要举行毕业典礼了，以后，你可能一辈子都见不到这批同学了……"

说到这里，敦敦说不下去，居然快哭了。

"你怎么了？"齐齐不知道姐姐怎么会这样。

"我想起我幼儿园的同学谢敏从来了！"

"他是谁？"

"你看，你不知道，因为我从来都没提过他，没提他，是因为他怪怪的，不但我觉得怪，大家都觉得他怪，大家都不理他，他也不理大家……去年听说他死了，原来他有血癌，我们都不知道……他出殡的时候我们合唱团去唱了歌……"

"啊，我想起来了，是去年冬天。"齐齐说。

"我还记得那首歌是我们合唱团的指挥钟老师写的。"敦敦说着就离开椅子站起来，并且唱道：

啊！亲爱的朋友，原谅我

有些事我真的不知道

啊！如果知道说再见

会这么早

我一定会跟你做一次

大力的拥抱

并且让你知晓

我愿意跟你一起伤心

一起傻笑

一起听故事

一起拍手鬼叫

一起骂坏蛋

一起为好人叫好

啊，亲爱的朋友，原谅我，

有些事，我真的不知道

歌非常好听，齐齐听得也快哭了。

"好，我请唐安怡跟……"

"唐安怡不算，她也是你常提起的名字，虽然你每次提起她都说'唐安怡她最讨厌了'，可是你其实还蛮喜欢她的，你还知道她的生日是九月一日呢！"

"哼，那件事全班谁不知道？她成天都挂在嘴上说，她说：'我的生日是九月一日,可是园长说八月三十一日以前出生的才能入学，我就只好再等一年，变成跟你们这些小家伙同班了，我其实是你们的大姐姐哦！'"

哈齐齐一面说一面学，把妈妈和姐姐都逗笑了。

"不过姐姐也太讨厌了，我都说了'唐安怡跟——'，你都不等我一句话说完就开始骂我……"

"跟？跟谁？"

"跟蓝如斯——"

"蓝如斯是谁？这名字没听过——"

"她都不说话，她是大班才转进来的，从南投。她很怪，她都不坐我们的娃娃车，她家的人自己开车送她接她。她说开车那人是她爸爸，但她爸爸好老，头发都白了，我觉得是她爷爷。她不但很少说话，还常常戴着个口罩……"

"她会不会也有血癌——"敦敦紧张起来。

"不会吧——"

"好，一共六个人，不能再多了，我们家太小。爸爸明天会从上海赶回来。"

"爸爸的厂不是在东莞吗？怎么又跑到上海去了？"齐齐问。

"爸爸朋友多，他有个朋友在上海，做脚踏车生意。"姐姐帮忙解释："那朋友说有个困难，要请爸爸过去帮忙一下，所以他又跑去上海。"

"啊，今天是六月一日，还有四天，我们要来计划一下，"妈妈说，"第一，我们要告诉老师，请老师去问各家爸妈，如果他们同意让小朋友来，就请告诉我们电话号码，我们就会一家一家去说明。到时候可能要靠爸爸去一家家接小孩。"

"我猜你要煮酸梅汤。"

"猜对了，我一向不喜欢给小孩喝可乐，我还会挤新鲜橙汁……"

电话响了，是爸爸打来的，爸爸说上海的林叔叔要送敦敦和齐齐各一辆脚踏车，哇，这真是一个快乐的好消息。

不知道为什么，生日宴会虽然是四天以后的事，但能和妈妈、姐姐，还有远在上海的爸爸一起来讨论这件大事，齐齐觉得真是件幸福得不得了的事啊！

"我们提了十二串香蕉来了！"

六月五日到了，哈齐齐早上还没人叫他起床他就自己爬起来了。今天是星期六，他的六岁生日宴会要在中午举行了，他的六个同学都说会来。

听同学说愿意来，哈妈妈很高兴，而且连哈齐齐说的那个不爱理人的蓝如斯也答应要来呢！哈妈妈在电话里告诉每一个小朋友，说：

"你们愿意来我家庆祝哈齐齐生日快乐，我很高兴，这是他第一次跟自己的朋友一起过生日，但是因为你们现在还太小，还不会自己赚钱，所以请不要送礼物来——如果你们带礼物，那花的也是你们爸妈的钱，我不喜欢这样。不过假如你们为齐齐唱一首歌，跳一个舞，变一个魔术，或讲个故事，那倒是很欢迎！"

所以，在哈爸爸开车绕了一圈，把六个小朋友带回家来的时候，

（顺便介绍一下，哈爸爸是蒙古族人，本来应该骑马的，但他是"城市蒙古族人"，所以有点喜欢好车，他的车特别大，是名牌，是个朋友让给他的二手车。）大家一走进家门，就念了一句话：

"哈齐齐，生日快乐，我们提了十二串香蕉来祝贺你了！"

哈妈妈在厨房正忙着，听了这话吓了一大跳，连忙跑出来，嘴里一面叫着：

"哎呀！哎呀！你们这些小孩子，不是叫你们不要买礼物吗？你们怎么不听话，十二串香蕉怎么得了！要吃到哪一天呀？"

结果跑到大门口一看，原来哈爸爸似乎正在担任导演，六个小朋友站成一大排，每个人动作整齐地把一双手在胸前垂着，手背向外，手指向下，看到哈妈妈出现，他们又像演练好的，一起抖起双手来，并且一起说：

"一个人两串，六个人十二串！"

其中唐安怡代表大家说：

"哈妈妈，你叫我们空着手来了，我们真的空着手来了，空着的手很像香蕉，所以就算我们每人送了两串香蕉！"

哈妈妈一面笑了起来，一面用手拍胸口，说："哇！还好！还好！如果是真的香蕉，那真不知怎么办才好——不过，小心！等一下我要像虎姑婆一样把你们每个人的手指头都拿来吃一口哦！香蕉嘛！当然是要给人吃的啰！"

大家都笑了。

哈妈妈瞄了一眼，就走到一个穿着蓝色洋装的小女孩面前，说：

"你就是蓝如斯吗？"

蓝如斯吓了一跳，说：

"咦？你怎么知道？"

其实今天小客人中，三个男生，三个女生，女生中爱说话的当然就是唐安怡了，看来善良乖巧的应该是连雅文，剩下这个大眼睛白皮肤，看来有点容易吓到的应该就是蓝如斯了。不过哈妈妈却说：

"你穿着浅蓝色的衣服，又结着深蓝格子的发带，好漂亮，我就猜你姓蓝——是你妈妈把你打扮这么漂亮的吗？"

"不是，是我自己选的，爸爸也帮着我——妈妈在住院。"

"哎呀！"哈齐齐叫起来，"你妈妈也'盲肠炎'了吗？她也去开刀了吗？"

"不要笨了，"哈敦敦又好笑又好气，"不是每个人都生盲肠炎的病，不是每个人都要开刀！"

"我妈妈的病不能开刀，她生的病是'忧郁症'。"蓝如斯说得很慢很小声。

"'忧郁症'是什么病呀？忧郁症就是不快乐吗？我也常常很不快乐耶！"文彦彦有点担心起来。

"哎呀，你小孩子，有什么不快乐？"哈妈妈说，这时全部十个人围着一个圆桌，"做妈妈爸爸才不快乐，像哈爸爸要担心大陆的工厂，像我，要担心丈夫和小孩……"

"我也担心，像过两天就举行毕业典礼，我要代表致辞，我都烦死了！还有，像有时候我早上是让汽车的臭味吵醒的，那么臭的味道，对我们的身体一定不好——唉，可是不污染空气的车子还没做好……"

"好了，文彦彦，"哈爸爸说，"这种事，将来要靠你了——不过，现在，你跟齐齐一同到厨房去帮哈妈妈把凉面和酸梅汤拿到桌上来。"

"面怎么凉了？我要吃热的面！"陈旭光忽然冒出一句。

"不是的，"哈敦敦说，"这个凉面不是把热面放久了变凉的，它是我们很努力把它弄成凉的，我今天一大早就跟妈妈一起做这道'哈家凉面'！很累哦！你吃了就知道——对了，你也来厨房帮忙，你帮忙放筷子吧！"

"筷子太轻了，叫女生做就好，你叫蓝如斯去，她力气小，我力气大，我在家里都抬重的，我抬冰淇淋好了——听说有巧克力冰淇淋，对不对？"

"对，但饭前不准吃甜点，所以，你帮忙抬面吧！"哈爸爸说。

"咦！抬面不是我的工作吗？"哈齐齐抗议。

"你来做一件更难的，"哈妈妈说，"你来端作料，像酱油、麻油、醋、芝麻酱水、糖水、蒜水……"

"咦？端一碗作料更难吗？"

"当然，你要小心一滴都不洒出来！"

"哇，听起来果真有点难！"

所有的小朋友都分配到一些工作，而且大家都做得很好，唐安怡还负责把桌上的东西排得很整齐。

凉面很好吃，哈妈妈还准备了胡萝卜丝、黄瓜丝、蛋皮丝、豆芽和鸡丝供大家拌面，黄新基和陈旭光都是第一次吃，黄新基居然跟哈爸爸一样敢浇辣椒油，让大家十分佩服。他们两人各吃了三碗，其他人都只吃了一碗或两碗。

吃完饭还有冰淇淋和蛋糕。

"刚才蓝爸爸说，蓝如斯不能吃芒果。"哈爸爸提醒，"会过敏，还有，她对猫的毛也过敏。"

"放心，上次电话联络的时候，蓝爸爸就交代过了，"哈妈妈说，"我们家没养猫，而且我们今天主要的冰淇淋是巧克力冰淇淋。"

"主要是什么意思？"哈齐齐紧抓着妈妈的话，"那意思是说还有别的冰淇淋啰？"

"对，还有香草的、草莓的和芒果的。明天敦敦的生日宴也要吃啊！"

"咦？蓝如斯对芒果过敏——"

"别人可以吃啊！——"

"我也要吃，"蓝如斯说话了，"上次过敏科医生说，我虽然吃新鲜芒果会过敏，但冰淇淋的芒果是煮过的，我可以吃，不过平常妈妈都不准我吃，我其实好想吃，啊，我好喜欢芒果的味道！"

哈妈妈和哈爸爸互望了一眼不知该怎么回答，后来哈妈妈就站起来去打电话，蓝爸爸不在家，好在他为人细心，还留了手机，他

怕蓝如斯随时有状况。接到电话他起先吓一跳，以为真出事了，等知道只是'冰淇淋事'，他同意让如斯先吃两小匙，如果没问题，下一次会准她吃四小匙。同学听了都高兴得拍手，文彦彦最鬼，他立刻拿个小匙，挖了一大坨，大到比乒乓球还大，蓝如斯吃了两坨，高兴地笑了，以前好像大家都不记得如斯笑过。

那天，饭桌上临时还来了哈齐齐的叔叔，哈家的三个男人长得很像，哈爸爸、哈叔叔和哈齐齐，他们的差别只是大中小号而已。

哈叔叔饭后唱了一首歌，是他跟住在蒙古高原上的蒙古朋友新学的，大家都听不懂他唱的是什么，他唱完又翻译说：

"这首歌是说，我的妈妈很老了，我非常爱她，但怎么办呢？如果有一种药可以让她重新年轻健康，我就是走遍全世界也愿意为她去采这种药啊！"

大家都觉得这首歌很好听，却只有蓝如斯低下头去，一滴沉重的泪水"啪"一声滴在她美丽的裙子上，连雅文坐在她旁边，她伸出左手过去握着如斯的右手，别人都没有看见，因为那一天桌上铺着低垂的桌布。如斯感激地望了雅文一眼。

"怎么样？"哈妈妈收拾好厨房跑出来关心地问，"如斯一小时前吃了芒果冰淇淋，有什么不好的反应吗？"

"没有，谢谢哈妈妈，下一次，如果有机会吃四匙芒果冰淇淋，我希望帮我挖的人还是文彦彦。"

不知道自己是天使的天使

"喂，我找连雅文。"

"我就是。"

"我是文彦彦。"

"我知道，会打电话来的就只有你嘛！"

"你好像不太喜欢接到我的电话？"

"也不是啦，不过，我怕妈妈知道我们的秘密。"

"好，那我讲快一点——我觉得我发现了一个大秘密，那就是，原来哈齐齐也是天使，我昨天在生日宴会上发现的。"

"哦？"

"你看，很明显的，他请客居然会请蓝如斯，蓝如斯那么骄傲、那么讨厌，大家都不理她，她也不理大家，哈齐齐居然会请她，你看，他不是天使是什么？"

"你说的有点对，哈齐齐虽然有时候愣愣的，有时候又爱傻笑，但是他其实很聪明又很善良。所以，我猜，他应该是一种'自己已经是天使了，可是都还不知道自己是天使'的天使……"

"哎呀，世上居然有这种天使，"文彦彦大叹了一声，"你的意思是说，他都不用像我那样写好天使立志书，他都不用去找王伯伯，他就自自然然变天使了？这太不公平啦！"

"王伯伯说，各个小孩本来就不同，这没有什么公平不公平的。不过，王伯伯说，本来不太像天使，结果很努力很辛苦才做成的天使，才是更可贵的天使。"

"咦？你说的是我吗？"

"我不敢说，不过，我听到钥匙在响，我想我妈妈回来了，她很好奇，什么事都要问，我不想让她来问我——再见了！"

咔一声，电话挂上了。

文彦彦觉得要小心，不要让小天使的事情被大人知道是对的。可是，如果不能跟连雅文说说内心的想法，那也真要憋死人啊！怎么办呢？刚才话没说完，可是连妈妈已经回来了，做小天使是不可以撒谎的，尤其是向妈妈，而一说真话又会破功，真麻烦啊！

于是文彦彦又打电话给司机王伯伯。

"王伯伯！王伯伯！你知不知道，我们班上其实还有第三个天使？"

"哎，哎，哎，"王伯伯在电话那一头笑了，"文彦彦小天使，拜托你不要说外行话了，做天使就像做间谍，越不让人知道才越好，到处叫得让人人知道谁是天使就大事不妙了呀！"

"但是，我觉得哈齐齐根本就是天使！"

"他是不是天使关你什么事？你好好做你的天使就够你忙的了！"

"还有，王伯伯，我猜你也是个老天使，不然你怎么懂那么多天使的事？"

"不是，不是，你别胡扯，我是不配做天使的……"

"有人不配吗？谁才配呢？"

"我不知道谁配，但我知道我不配，因为我不好，我年轻的时候做过坏事，不要问我做过什么坏事！我甚至坐过牢，但我也不告诉你我坐过几年牢！我不配做天使，但好在上帝准许我做小天使的守护人……"

"天使也要守护人吗？"

"不是天上飞的真天使，而是像你这样的'小人儿天使'，我就守护你们这种'小人儿天使'！"

"连雅文说哈齐齐是那种'自己都已经是天使了，却还不知道自己是天使的天使'，唉！他怎么那么好命呀！"

"这没有什么好命不好命的，哈齐齐生来就是那种性子！"

"可是，我做天使做得很辛苦耶！有时都想不做了，好累呢！"

"你觉得划不来吗？"

"是有一点啦！"

"文彦彦，你不要这样想！其实，你是很有福气的天使哦！特别有福气的！"

"才不是，你看，连雅文是天使脸，哈齐齐是天使心，我却是坏脾气，没耐性……"

"其实，上帝是很公平的，像你这种天使，因为做得很辛苦，上帝只好站得离你们特别近，在你们耳朵边上说话，好让你听清楚。他又亲自把你两个肩膀握住，像把舵一样，亲自引领你走正确的路……"

"真的——"王伯伯继续说，"而且，你看，像哈齐齐，自己是天使自己都不知道，还真不好玩。而你，你因为时时刻刻有冲突有矛盾，所以你几乎每一秒钟都知道自己在做天使，这不是比较好玩吗？"

"好吧，王伯伯，我知道了，我是'辛苦天使'。好吧，那也只好这样了！不过，你说你做过坏事，真的不能告诉我是什么坏事吗？"

"不能，多知道秘密其实不好，因为要保守秘密很累。"

"好，我不说了，我爸爸好像去运动回来了。再见！"

文彦彦挂了电话就跑去跟爸爸说自己要出门一下，要去哈齐齐的家。

"昨天不是才刚去，怎么今天又要去？"

"帽子忘他家了。"

"明天礼拜一，会上课，叫他带来给你就是了！"

"不行啦，他请客只请了六人，明天他拿帽子给我，让别的小朋友看见不好啦！"

爸爸叫他快去快回，文彦彦没撒谎，他的帽子的确是在哈家，但却是他昨天计划好了故意"掉"的，他想再去观察一下哈家那家人是怎么回事。

才早上十点，哈家今天很忙，换哈敦敦当主角了，今天哈家又是要吃凉面，哈齐齐正努力搅着芝麻酱，必须一小匙一小匙往酱里加水，并且顺着一个方向搅。哈爸爸去接小朋友了，十一点会回来，像昨天一样。

"为什么你姐姐今天过生日，却是你来搅酱？这多倒霉！"

"昨天也是姐姐替我搅的呀！今天姐姐很忙，她要梳辫子，还要换漂亮衣服……"

文彦彦听了有点惭愧，原来哈家人是这样互相照顾的。

"为什么又吃凉面？"

"这样才公平呀！而且妈妈说凉面是好东西，又便宜又饱人，又有各种丝，荤的素的都有，营养很平均！平常我们自己也吃，妈妈说自己家做的是完全干净的。"

文彦彦真的佩服起哈妈妈来了。哈齐齐不久就搅好了酱料，跑进去把文彦彦的帽子拿了出来。奇怪的是，帽子放在一个布球上，布球快有排球那么大，布球里面窸窸窣窣的，好像放了沙子，但不对，沙子不会那么轻，也不会那么大粒。文彦彦闻了一下，还有点香香的。

"这是什么怪东西呀？我的帽子为什么要放在那东西上面？"

"这是我妈和我姐做的布花球，她们去买了些紫紫的薰衣草，又加上些粉粉的小玫瑰花，好像还有其他什么什么的，我妈妈用碎花棉布缝成一个圆布球，那些香香的东西就填在球里面，可以让我爸回家来把帽子放在上面，这样第二天帽子就会香香的，比较好闻。

昨天我姐发现你的帽子，她说：'哎呀，文彦彦忘了他的帽子，他是一个又聪明又乖巧的小天使，哎呀，他帽子里还有一行字，说，助人为快乐之本。让我来帮他把帽子熏一熏吧！下回他头脑就会清明，就不会到处乱掉帽子了。'奇怪，姐姐从来都不夸我聪明，却说你聪明哦！"

文彦彦拿了帽子回家时，还隔着房门，向关着门正在里面梳头换衣服的哈姐姐大声道了谢，并且祝她生日快乐。

文彦彦一面走回家，一面困惑不已。唉，这哈家人真奇怪，他们难道是"天使之家"吗？那顶昨天套在花球上的帽子此刻飘着若有若无的淡淡香味，他想，等我戴它一小时之后再拿下来，说不定到时候我真的头脑清明，就把许多事情都想通了呢！

"不要不看人！"

"唉，简直烦死人了！"文彦彦大叹了一口气，"真是倒霉啊！"

"彦彦，"妈妈在客厅靠落地窗的沙发上坐着，手里拿着电话，正在跟余阿姨聊天，没想到她耳朵那么尖，连彦彦叹一口气她都听到了，"你忘了，我告诉你不准说'倒霉'两个字，你又说了！"

啊，彦彦心里想，这还真叫倒霉，连说'倒霉'都会让妈妈听见，这简直是倒霉加倒霉。妈妈也真奇怪，为什么不准人说"倒霉"？

"啊，没什么，"妈妈又继续跟余阿姨聊起来，"正在骂小孩啦！

小小一个人，什么倒霉不倒霉的老挂在嘴上，也不知哪里学来的，笑死人了。人生那么长，真倒霉的事将来还怕少吗？"

"哼，"彦彦心里暗自抗议，"什么小小一个人？小小人也有小小人的倒霉事，要去毕业典礼上代表毕业生致辞的是我耶！难道还不够倒霉吗？"

"啊，我想起来了，你当年好像是演讲大家呢！怎么样，来指导指导我家小犬吧？他这两天为了毕业典礼上台的事，急得像火烧屁股似的。"

"什么跟什么嘛！我一下又变成小狗了，倒霉啦！你可以说小犬，我就不可以说倒霉，这才是倒大霉哪！而且，而且，还说什么'屁股'，余阿姨是女生耶，丢死人了！"

"啊呀，拣日不如撞日，我看你今天就来吧！我是说现在，现在七点钟，你到我家七点半，你是演讲天才，什么场面没见过，来教我家小犬，半小时也就够了，我家小犬不算太笨啦，可以受教的啦！"

"搞什么鬼，去叫余阿姨来干吗？"

"好啦，好啦，万事拜托，多谢啦！"

妈妈挂上电话，动作火速，像加速的电影带，她一面火速换下自己的衣服，一面把彦彦和妹妹的衣服也换了，又急急忙忙地拿抹布把饭厅和客厅擦了一遍……

余阿姨也果真像精灵一样快，彦彦听到门铃响了！

"彦彦，算你好福气，余阿姨来了，她读大学的时候，只要有演讲比赛，她稳拿第一名，不像我，我连个发音都不正啦！"

"可是，余阿姨又不是我们幼儿园的，她怎么知道我该讲什么呢？"

"你不管什么幼儿园和小学中学的，反正余阿姨很厉害就对了，她不管演讲、辩论都是打遍全校无敌手，到现在，她做的还是公司的公关，她就是有本事说服别人……"

正说着，余阿姨已经上楼来了。余阿姨是熟人，彦彦只淡淡地打了个招呼，心里很烦妈妈多管闲事。

"啊呀！"妈妈今天老是用夸张的"啊呀"来开头，"我都差点忘了，余阿姨当年也当过我师父呢！"

"啊呀！你也参加过演讲比赛啊！"这次轮到文彦彦来啊呀了，他十分怀疑地望着妈妈。

"而且在本师父的指导下，还得了个第三名哦！"

"啊呀！我都忘了，的确是第三名呢！"妈妈转头捏了彦彦的臂膀一把，"你猜不出来，那次是侨生的演讲比赛，我的普通话比那些美国、英国、西班牙回来的人要好很多呢！"

"都是本师父调教有功！"余阿姨不忘自我吹嘘一番。

"啊呀！对了，我想起来了，你还教了我四个成语，一个是'举一反三'，一个是'饮水思源'，一个是'倒吃甘蔗'，一个是'青出于蓝而胜于蓝'。你看，我都还记得！"

"嗯，这徒弟果真不赖，真是'孺子可教'也！余阿姨转头看了彦彦一眼，"这是成语，意思是说：'这小孩很不错，可以受教。'"

"'可以受教'是什么意思？有小孩是不能教的吗？"

"当然有啦！那就变成'孺子不可教'了！像骄傲自大的、看不起老师的，或者懒惰的，就教他不成了！"

文彦彦不说话，心里暗叫一声："不好了！要倒霉了！今天只得非听余阿姨的不可，否则就是'孺子不可教'了。"

接下来余阿姨把彦彦带到爸妈卧房的大书桌前，文家没有书房，但卧房里靠窗都有一个长条形的书桌，这是这次整修房子的时候顺便做的，连妹妹都有。爸爸的书桌前有两把椅子，本来是一个大的爸爸坐，一个小的妈妈坐——现在是余阿姨和彦彦坐，妈妈竟被关在外面，彦彦为此高兴得不得了！

"演讲不难，只有三件事，第一，要心地光明说真话，诚心诚意说的话自然会感动人；第二，口齿要清楚，这一点你其实不成问题，你从小就伶牙俐齿；第三，要言之有物，就是说，你到底要讲出个什么道理来？"

"啊，就是这第三点我不知道怎么办，老师本来想教我，她给我看去年学姐的稿子，我看不懂，老师念给我听，很烦耶，说什么，'时间过得那么快，凤凰花开了，知了在树上叫了，不知不觉，我们就要互道再见了'……"

余阿姨听了一半就哈哈大笑了起来。

"猜你一定不耐烦这篇稿子，我们来点儿新的吧！告诉我，你心里头有没有最想说的一句话，我是说，你自己真心想说的一句话？"

"有，我觉得很舍不得大家，但我知道我们以后不会在同一个小学，有的人还会去外县市。我只有一个希望，希望我们以后互相多打电话！我才不想讲什么凤凰花，我根本就没见过凤凰花……"

"这就对了，不过你有没有想到，你的这篇演讲问题不在动嘴，而在动手。"

"什么？动手？"

"对呀，你想想看，你叫同学多联络多打电话，他们应该也很同意，至少是不反对，不过，这是一句空话，因为，他们真拿起电话，哪来的资料可以打电话呢？所以必须有人为他们印一张同学电话一览表，或者把资料放进他们的手机。但幼儿园小孩，买手机有点过分，还是来印一张表格吧，连老师和园长也一起印上去，连注音也一起印上去，因为你们都还不认得几个字呢！"

"可是这些事得靠人帮忙，我想起来了，我用手写名字，用注音写，也写电话，然后请老师去办公室影印！"

"对呀！这样并不麻烦，大概半小时到一小时便可以做完。有了这一张，你就可以讲了。"

"余阿姨，你不是要来教我怎么讲吗？"

"不用了，我刚才说过，你这番讲话，动手比动嘴重要。你动了手，给了同学资料，再来动嘴，别人就会接受你的建议了。"

"所以，余阿姨，你不是来教我背稿子的？"

"不用，我只给你一个建议。"

"什么？"

"演讲的时候，好好看着台下的人，你平常讲话有点凶，但如果你看着对方，尤其对方又是你的好同学，就比较不会去凶人家。"

"我有点凶？我怎么都不知道。"

"你不知道我知道呀！我看你有时有点凶，你会跟你妹妹说：'烦死了,你很烦人耶！'你会跟爸爸说:'倒霉啦！青花菜好难吃！'"

"我上台才不会这样讲！"

"但，你上台虽然不讲，你还是有那么个念头存在心里，这样就让你的脸不好看。可是如果你眼睛常看着对方，譬如说，看着你妹妹，想到刚才十分钟以前，你妹还来抱你，跟你说：'哥，你好厉害哦！'你就骂她不下去，然后，你的脸就会变得比较仁慈——你信不信？"

"如果我看的人让我愈看愈烦呢？"

"哦！这我就不知道了，我的经验是'不要不看人'，不要抬脸看高处，这样人就会变谦虚一点——我们用半年的时间来实验一下看看。"

"啊呀！余阿姨！"彦彦忍不住又用妈妈的啊呀来开头，"你真厉害，我现在懂我妈为什么那么爱跟你说话了！"

蓝得如此如此的蓝

"连雅文，你跟我到办公室来一下，好吗？"下课的时候，老师跟连雅文小声说。

连雅文点点头，就站起身来，悄悄跟老师走了。

到了办公室，老师的嗓门又恢复正常，变得又急又快又高昂，她开门见山便说：

"连雅文呀，有一件事，其实是文彦彦的事，我猜他不好意思开口，我替他开口，你可以帮他忙吗？我看他为了毕业典礼的事很烦恼呢！"

"哦？真的吗？他很会讲话，他不会害怕的！"

"不是害怕——而是，有一件事，他不知道该怎么做……也许你可以帮他……"

"哦，真的吗？"

连雅文口里虽不说，她的表情却像在说，怎么可能？文彦彦自己很厉害耶！

"事情是这样的，文彦彦本来想在演讲的时候送给毕业同学一张电话表，意思是希望同学以后要常常打电话，常常彼此关心，但一开始进行，才发现事情不太容易……"

"很难吗？"

"嗯，连我也没想到有那么难，第一，要弄一张表，就要写名字，但我们幼儿园没教过小朋友认字，所以大部分的小朋友都还不认得字——所以就算印出名字来，也不是人人能看得懂的——"

"可以写注音符号啊！"

"也不是每个小朋友都认得注音符号——说来奇怪，许多小朋友还比较容易认识字。譬如说，手，看起来就蛮像一只手，他们在电视字幕上或广告上看见，就记得了。如果用注音符号反而不容易搞清楚。"

"可以用照片啊！"

"这倒是个好办法，我和文彦彦也想到了，但也有麻烦，你们现在是六岁了，但放在我这里的照片其实是你们三岁刚入园的那时候照的，现在看起来也不太像了……"

"所以应该现在来照一张新的，照相我会，老师是想叫我帮忙照相吗？"

"对，不过还有一个问题更麻烦，简单地说，全班同学的电话我都有，但为了尊重每个同学，我不方便把这些资料卡上的电话直接告诉文彦彦。"

"没关系，照片后面就空下来，让大家自己去问号码。"

"这个办法，我和文彦彦也想到了，但至少有一个同学有问题。"

"谁？"

"蓝如斯。"

"她怎么啦？"

"我记得去年她转学来我们幼儿园，我请她爸爸填资料卡，蓝先生当时有点迟疑。我就说啦，填是一定要填的，不然万一有了事，要找人找不到呀！他勉强同意了，却一再叮咛说，这个电话要保密，千万不能让别人知道！而且，他还给了我他秘书的电话，他说，要找，尽量先找秘书，有解决不了的问题才找他。"

"那，就叫蓝如斯在同学问起电话号码的时候，说自己不能告诉同学就是了。"

"这也有问题，我们今年有三班毕业生，总共六十二个小朋友，如果蓝如斯要跟自己以外的六十一位同学一个一个说：'对不起，我不方便把我家的电话告诉你。'这样，她一定会觉得很没面子，最后一定要疯掉……"

"啊，那我也不知道该怎么办了，蓝爸爸为什么不能让电话给别人知道呢？"

"蓝爸爸是大官，他怕有人会绑架蓝如斯。"

"哎呀，这，怎么办呢？"

"对呀，真要好好想一想，那么善良那么可爱的蓝如斯，怎么可以都没有同学跟她联络呢？"

连雅文有点困惑地抬头看了老师一眼，意思似乎说，她很善良吗？

"唔，她真的很善良。有一次，我跟江老师在走廊上聊天，谈到江老师女儿出嫁的那一天，江老师在婚宴后回家，看着女儿空了的房间，大哭了一场。我们两人说完都自我嘲笑起来，没注意蓝如斯正好经过，并且站在旁边听，她居然一时眼眶都红了呢——唉！"

"她爸爸的官很大吗？"

"好像有点大。"

"她妈妈的忧郁症很严重吗？"

"好像很严重。"

"我能做什么呢？"

"你去找她谈谈看有什么办法？"

"好。"

连雅文虽然答应了，却不十分明白，只不过告诉人家一个电话号码，为什么这么困难呢？绑架，绑架又是怎么回事？

连雅文去找了蓝如斯，并且把事情问了一遍，不出所料，蓝如斯家的电话是不给人的。

"以后怎么办呢？大家不能联络了，你如果生病了，我都不知道，连替你祷告都不能呢！"

"可是，我爸爸很可怜，他的第一个太太死了，我的妈妈又病了。他说，如果有人把我绑架，他也不要活了！"

"什么叫绑架？"

"就是有坏人把小孩抢走，藏起来，然后打电话跟父母要钱，要很多很多钱，不给钱就'撕票'，撕票就是杀掉小孩的意思。有时候，他们虽然拿到了钱，也会照样撕票！"

"好可怕！——不过，这跟电话有什么关系？"

"其实，应该也没有太大的关系，他们如果抓到我，虽然不知道我家电话，他们也可以拼命打我，我一痛，可能就告诉他们了……"

"唉，这世界上魔鬼还不少啊！"

"所以，应该赶快有些天使！"蓝如斯说。

"可是，天使也不是想要有就有的！"

"嗯，可是上次我去哈齐齐家，我觉得哈齐齐就很像天使！哦，如果我有个弟弟像哈齐齐，那真比爸爸给我买一百件新衣服还要快乐啊！"

"我们来祷告，让你妈妈的病快点好，再生个弟弟。不过，如果你能常跟哈齐齐打电话聊天，不就跟有个弟弟差不多吗？"

"啊！我想起来了，我爸爸说会帮我买一个手机，但不是现在，要再等三个月。现在，我的电话就写老师的吧，到时候她会告诉你们我的手机号码。"

"哇！好棒，你居然要有手机了！"

"我其实不想要手机，但爸爸说我这样就可以多有机会跟他讲讲话，我喜欢他回家，回家就可以面对面讲话……"

奇怪，连雅文觉得蓝如斯从来都不太说话，今天一开了口，居然说个不停，看来都是那天哈齐齐愣愣的傻笑感化了她，哈齐齐真了不起。

"平常，你爸爸不在家，你都跟谁吃饭？"

"跟玛德莲娜，她是菲律宾人，她都说英文，可是，爸爸也不喜欢我跟她多说话。爸爸说，她们的英文腔怪怪的，叫我不要受她影响。"

"所以，你都很少说话？"

"很少，我会跟妈妈打电话，她住在医院里……"

"你也可以给我打电话啊！"

"不行，爸爸也不准我打给别人，他怕显示器会把我们家的电话泄露了。不过，最近他又听说有一种电话可以让别人看不到我们家的电话号码，等我有了那种电话再给你打……"

唉，真累啊，做大官的女儿还真不好受呐！

不过，今天真不错，帮文彦彦一个忙，也让蓝如斯说了那么多话。

"你应该常常说话，你以前都不说话，"连雅文说，"你看，你的声音很好听，像你的名字，如丝，就像丝一样，像丝一样柔软光滑！"

蓝如斯愣了一下，笑了出来。

"啊呀，你弄错了，我不是'丝绸'的'丝'，是'斯文'的'斯'，'如斯'是'如此'的意思，'蓝如此'，是指'蓝得如此如此的蓝'的意思。"

连雅文似懂非懂，只觉得那名字美极了，看来蓝爸爸应该很有学问，所以才为女儿取了那么美丽的名字，想到这一点，她又有点羡慕起蓝如斯来了。

站在木头箱子上的演说家

"哎哟！你很烦耶！"

这差不多是文彦彦在家里讲得最多的一句话了。当然，他这句话只能去说妹妹，不能去说爸爸妈妈。

好在妹妹大概因为听惯了，也不怎么太生气，大不了回他一句：

"哼哪！你也很烦！"

说这句话多半都是因为妹妹拿个什么怪东西来问他，譬如她会说："哥，怎么这块石头是白的，另外这块又是黑的，——咦？奇怪，还有一块是红的呐！"

那一次，他们在海滩捡贝壳和小石头。

"你很烦耶！石头本来就有黑的有白的嘛！而且你说是红石头的那一块根本就不是石头，它是砖头——"

"它是砖头？"

"对呀！砖头本来很大块，这是小的一块，掉在海里，被海水冲冲刷刷，就变得圆圆小小的啦！"

"你怎么知道？你都看见它掉下去了？"

"没有，是上次去海边玩的时候，沈叔叔告诉我的。你看，它特别轻！"

"哼哪！你上次问沈伯伯的时候，他一定没骂你'你很烦耶'！"

"啊哟，啰唆，你真的很烦耶！"

但是自从立志做小天使，文彦彦觉得这句话好像不太像小天使该讲的，所以就小心不太说了。不过这两天，妹妹有点奇怪，他忍不住又说了：

"喂，你很烦耶，你干吗一直跟着我！"

"哥，你干吗一直躲在厕所里照镜子？你以前都不照镜子。"

"你在偷看我哦？"

"哪有！我不是偷看，你又没关门，我只是看到了嘛！你干吗一直照镜子？"

啊！女生真烦，她们老爱问问题，不管你想不想回答。

"我照镜子是因为我下个礼拜要上台讲话，我没上台讲过话，我要练习。"

"唔，要练习哦？"

"你走开嘛，你在这里害我都练习不下去了！"

"我又没吵你！你练什么呀？"

文彦彦气得只想骂她烦，可是想想这家伙如果不回答她问题，她就给你个死缠烂打（当然啦，如果你回答了，她又会另外生出些奇怪的问题）。唉！妈妈当年生的如果是弟弟就好了……

"唉！"

"你干吗叹气？"

唉！如果可以用妹妹换个哈齐齐来就好了！

"我练习看人，余阿姨教我的，她说演讲是讲给人听的，所以要好好看着那些听讲人，你要看人家，人家才会看你，这样你讲的话才有人听。"

"镜子里没人呀！"

"当然没人，可是我又不能去抓个人来坐在这里被我看，我只好学着自己看自己！"

"看自己干吗？你又不是讲给自己听！"

"有自己可以看还不错，我以前都没有好好看过自己，最近看自己，才发现自己很爱皱眉毛，我要小心。"

"你本来就很爱皱眉毛！"妹妹发表完高论立刻想起个主意来，"咦？你就看着我讲就好了呀！我也是人呀！"

妹妹说不清"人"字，她说的是 leng，听起来有点像提高了声调的"冷"。

"唉！唉！唉！你烦不烦啊，leng，leng，leng，连个人字也不会说，今天是星期六，我趁爸妈还在睡觉，早一点进到厕所来练习，

你为什么偏偏也这么早爬起来，起来又啰唆，我真是倒霉啊！"

彦彦愈说愈大声，妹妹哇的一声哭了出来。

"我又没怎样，我只是说，我也是 leng，你要学看 leng，看我就好，你就凶我。"

这一次，文彦彦倒是安静下来，好好看了妹妹一眼。唉！我真能做天使吗？我连一个妹妹都受不了，怎么办呢？妹妹穿着一件浅绿色的睡衣，衣服上有一只贴上去的白色小猫，小猫的脸是笑的，可是妹妹哭得稀里哗啦！

"喂，爱哭鬼，去擦擦脸啦，哭成这样很丑喔，笑一个嘛，你笑起来很漂亮哦！就像你衣服上这只小猫一样漂亮喔！"

"她不叫小猫，"妹妹哭得一噎一噎的，却仍然急着要捍卫小猫的名誉，"她是有名字的，她叫'喵喵公主'！"

"哇！'喵喵公主'！这么好听的名字，谁帮你取的？"

"余阿姨帮我取的，这件衣服也是余阿姨送的。我上次有告诉你，你都不理我，你都忘了，你都这样——"

"对不起啦！不好意思啦！不要哭啦！我现在正看着你哦，连你的眼泪鼻涕都看见了呢！去擦擦脸啦，你动作快一点，爸妈快起床了，他们也要用这间厕所，我先到客厅去等你，你不是说叫我看着你讲吗？我就来看着你讲，要我看你，你可要梳梳头发洗洗脸。"

妹妹立刻不哭了，她接过哥哥递来的毛巾，认真地洗起脸来，彦彦去了客厅，把妹妹的小凳子放好，又去找了个小木头箱子来做小讲台。木头箱子是爸爸去卖洋酒的伍叔叔那边"拿"的，爸爸拿了很多。那时候文彦彦还小，刚会数数，可以数到二十不会错，而爸爸拿的是二十一个，爸爸用它放书也放文件。

不过，最先想到这点子的人是妈妈，她是环保妈妈，她说那些装洋酒的木箱丢了也是丢了，不如去要来做点用处，它们也曾是森林里的树呢！

妈妈这人很特别，她每次捡东西得到一点利益，她都捐一笔钱出去。像这些木箱子，她说如果她去买一个书架，本来要花三千元的，现在既然省下来了，就该捐出去，那时候刚好有个风灾，她就捐了三千元。

现在，文彦彦便站在这种木头箱子上，而妹妹也洗好脸出来了，她的眼睛还是红红的，文彦彦有点内疚——奇怪，以前他看妹妹哭只会生气，现在他知道自己错了，妹妹也是人（虽然她说不清楚"人"），她不是小笨蛋，不是小讨厌，不是麻烦鬼。而我是小天使，我该好好关心她。

"各位老师，各位同学，噢，不对，各位敬爱的老师，各位亲爱的同学……"

文彦彦一面说，一面看着妹妹，妹妹笑了，她看起来还真的像那只什么'喵喵公主'，甜美、善良，却又有几分傲气。

"哥，我也会去你的毕业典礼吗？"妹妹忽然发问。

"对呀，但是你现在不可以说话，因为我现在正在演讲，你只可以听，不可以说！"

"等你说完我可以说吗？"

“可以，但，拜托拜托，求求你，‘喵喵公主的女主人’，你千万要闭上嘴，不然我要怎样练习呀！”

“我马上就会闭嘴，不过我要告诉你，‘喵喵公主’不是一个人哦，她的国家叫‘喵喵国’，她的爸爸叫‘喵喵国王’。”

“对啦，对啦，”文彦彦又好笑又好气，“她的妈妈叫‘喵喵王后’，她的哥哥叫‘喵喵王子’，我都知道了！”

“咦！你怎么都知道？余阿姨也讲给你听了吗？”

“没有，但是，凡是‘不是笨蛋的人’都知道！”

“你不笨呀！”

妹妹显然没听懂他话里骂人的意思。

“唉！我真笨，我怎么会答应在你面前练习！”

这句话文彦彦只在心里暗骂，嘴里却没说出来。他只跑到医药柜前面，找出一卷胶布来。

“你再说话，我要替你贴嘴巴哦！”

妹妹笑了，她说：

“贴呀，贴呀，很好玩哦！要不要我自己来贴？”

唉，你拿这种老妹有什么办法！

"各位敬爱的老师，各位亲爱的同学：今天是我们已立幼儿园第二十一届的毕业典礼……"

妹妹很专心地在听，她的眼睛晶亮晶亮又转来转去，似乎在想些什么似的，是在想余阿姨所说的那个喵喵王国吗？

"你要先学会用眼睛看着人讲话。"

彦彦想起余阿姨的话，唉，原来看着人，真不容易，每个人坐在那里，肚子里却有自己的故事，你必须"抢"，才能把对方的注意力抢回来。

彦彦望着妹妹，微微一笑，继续讲了下去。

风很和气，一点也不凶

早上起来，天气非常热，文彦彦一面喝牛奶，一面叹了一口气。

"哥，你又叹气了！"妹妹说。

"你很烦耶！"

"你又说'你很烦'了！"

"而且，"爸爸也加入，"你大概又要说'真倒霉'了。"

"是真的很倒霉嘛，我都祷告了，叫上帝今天要给我们一个好天气，今天是我们的毕业典礼啊！"

"哦！上帝还听你'叫'！"妈妈在厨房一面煎蛋一面叽叽咕咕在念叨。

"不是'叫'啦，是'拜托'上帝嘛！"

"可是，今天是好天气啊！"妹妹又啰唆。

"我要的好天气不是这种，今天太热了！"

"你很烦耶！"爸爸说，"你才是个烦人的人，如果我是上帝，我会说文彦彦，你老几？我上帝又不是你文彦彦一个人的上帝，如果有个卖雨伞的来求我：'赶快下雨吧，这样才有人来买雨伞。'那，怎么办呢？"

"啊！雨伞，"妹妹自顾自说话的老习惯又犯了，"昨天妈妈给我买了一把粉红色的小雨伞，是我一个人用的，你们都不可以用哦！"

妹妹神经病，她的那把伞那么小，小得像蘑菇，谁能拿她的伞来打？

"这么风和日丽如果还不算好天气的话，"妈妈把彦彦爱吃的太阳煎蛋和妹妹爱吃的番茄炒蛋都拿上桌来，"那什么才叫好天气？"

"什么叫'风和日丽'？"

彦彦也是第一次听见这四个字，但他忽然觉得，妹妹也怪可怜的，大人讲话，她常听不懂，要问，也常会挨我骂，我来帮她解释一下吧，于是他说：

"风和日丽，就是风很和气，一点也不凶，太阳——很美丽！"

妹妹愣了一下，露出狂喜的面容，并且立刻丢下筷子离开座位，跑到前阳台去，嘴里还大声叫着：

"哇！风很和气——一点也不凶，太阳——很美丽。"

房子小，坐在餐桌上的三个人和阳台上的妹妹距离只有六米，她的头发在和风中微微扬起，她眯着眼睛享受和风与阳光的爱抚。她的笑容宛如喵喵公主一般可爱又高贵。

文彦彦大吃一惊，原来妹妹不烦人，只要你好好把一句话讲解给她听，她听懂了，就能乐成那样！

"风很和气，一点也不凶，太阳——很美丽。"

她翻来覆去说那两句话，像个小白痴，但妹妹不是白痴，她很聪明。

"如果你是上帝，"爸爸说，"你喜欢那个早上起来就埋怨天气的文彦彦，还是喜欢那个高高兴兴享受天气的文常常呢？"

彦彦起先不说话，过了一下才说：

"我也不是为自己，今天是我们学校的毕业典礼耶！"

妈妈帮着在一旁打圆场，她说：

"如果我是上帝，我会抱着文常常亲一下，说：'哇！好可爱的小女孩'！然后，我会拍拍文彦彦的肩膀说：'嗨，大男孩，你先别急，我做事有我的方法，你现在有点长大啰，你要慢慢弄懂我的方法，学我的方法，以后你要做我的好帮手哦！'"

文彦彦的眼泪快要掉下来了，奇怪，文家一家人都没信任何宗教，但妈妈却好像很懂上帝似的，难道妈妈也是天使吗？她是常常接近上帝而开始懂得上帝的天使吗？刚才爸爸问那样的问题，他觉得不公平，爸爸虽然没说答案，但他觉得那答案显然是上帝只爱妹妹不爱我——可是这是不公平的，我要上台，我要穿着毕业礼服，我要讲话……我很累，我想要有个凉爽的天气，我希望大家都能享受凉爽的天气——虽然，现在是夏天。可是，妈妈出来讲的话真好，真让人想哭。

这一天的毕业典礼安排在晚上，为了让上班的爸爸妈妈都能来，典礼在晚上七点十五分开始，小朋友手里都有一只陶杯，杯里点着一支红蜡烛。这陶杯是幼儿园隔壁一间小学里的大哥哥大姐姐做了送给幼儿园的，杯底还有签名和日期，看来是五年前送的。

已立幼儿园大班有三个班，小朋友总共六十二人，这三个班分别叫作智班、仁班和勇班，彦彦在智班。这三个班的小朋友现在正在园长和老师的带领下，绕校园一周。彦彦走过一棵棵的树，还有老天使王伯伯爱坐在那里弹古筝的大石头，还有厨房（有多少好吃的红豆汤或面线从那里面端出来啊！）还有睡午觉的房间，还有一次因为跑太快跟黄靖雄头碰头撞在一起的走廊……

本来，妈妈曾乐观地说，到了晚上天气自然会凉快一点，但是妈妈说错了，天气一点也没凉快，完全跟白天一样热。唉，现在连说一句"真倒霉"也不能说，妈妈听了不喜欢，可是，这种事如果不是倒霉又会是什么呢？妈妈很妙，妈妈说，没什么啦，这不叫"倒霉"，这叫"碰上了"。

终于队伍绕回来，大家又绕着观众席上的爸爸妈妈爷爷奶奶外公外婆阿姨舅舅叔叔伯伯走了一圈，观众席上有一个叔叔举起照相机，大声说：

"哇，我拍到天使了！"

彦彦回头看，因为灯熄了，小朋友每人手里燃着一根放在陶杯里的红蜡烛，把小脸照得光灿灿的，大家看起来真的都有点像天使呢！连平时讲话有点凶的曾格致也很像，而蓝如斯更像，她的头发上左右各夹一根星星图案的发针，两根发针是蓝色晶钻镶的，至少在文彦彦看来像真钻石，烛光下，它们是如此闪烁生辉，衬得蓝如斯高高白白的额头华美无比。

快回到座位之前，彦彦看见有人正为蓝如斯拍照——因为她身上的镁光灯亮个不停，彦彦顺着方向看过去，发现原来蓝家爸爸来了，旁边还跟着一个黑黑的菲佣。彦彦想起来，她大概就是玛德莲娜了，玛德莲娜看蓝如斯的眼光充满爱宠。

"啊！"彦彦心里想，"蓝如斯的妈妈在医院里，可是这个玛德莲娜却很爱蓝如斯，上次蓝如斯说玛德莲娜在菲律宾也有小孩，小孩也跟蓝如斯一样大，也是女的，名字叫伊丽莎白，玛德莲娜也就常叫蓝如斯伊丽莎白。啊！不知道有没有人在菲律宾帮玛德莲娜爱那边的伊丽莎白……"

典礼进行的时候，先是园长说话，然后是家长代表，最后是毕业生致辞。三班毕业生中仁勇两班都是女同学做代表，她们两个合起来朗诵了一首诗。

轮到彦彦上台的时候，已是典礼的尾声了，彦彦举目一望——其实这阵子彦彦已养成习惯，去看着人说话，此刻他看见老天使王伯伯，他看见天天陪小朋友坐车的张阿姨，他看见今天特别穿了一件长旗袍的园长，园长笑的时候，有着一对深深的酒窝，咦，以前我

怎么都没注意过。他看见爸妈和妹妹，他看见很会讲故事的方老师，他看见爱管闲事的唐安怡，以及连雅文，她话虽不多，在文彦彦看来却是"正牌"的天使，还有"爱哭鬼许菁美"，以及清明节去澎湖扫墓晒得像只大龙虾的黄新基……啊，他们的脸是多么令人难忘啊！

彦彦很快就讲完了，"原来这场麻烦这么快就结束了，我讲得不太坏也不太好"，他如此告诉自己。但在四分钟里，他却牢记余阿姨的话，要看着你的观众。

"你要先听他们，他们才会听你。"那天，余阿姨说。

"咦，我讲话的时候他们是不可以讲话的呀！我怎么可能听到他们呢！"

"你看着他们的身体，他们的脸，他们的眼睛，人的身体全会说话，不完全靠嘴。"

彦彦现在懂了。

离开幼儿园的时候，王伯伯跑出来跟文彦彦握手，好像他是大人一样。

"彦彦，你讲得真好，唔，也许是你的眼神好。以后，加油！"

"王伯伯，你也加油！"

在那一刹那，彦彦发觉自己和王伯伯是两个大男人，两人一握为定，要一起去为天使事业打拼。

"我老了！但我会一路尽力做个老天使。你还小，你将来要好好振兴你的天使大业！"

王伯伯没说出来的话，彦彦仿佛也听懂了。

祖母的宝盒

　　小聪聪的祖母有一个宝盒。宝盒的外层是樟木，还雕花刻朵的，里面呢，是粉红色的柔柔软软的丝绒。那是小姑姑送给她的五十岁的生日礼物，这，是二十年以前的事了。祖母把宝盒放在她床边的梳妆台上。早晨，她用干净的毛巾擦它一遍。晚上，她把里面的宝贝一样一样拿出来，看了又看，并且重新排好。

　　小聪聪的妈妈说："小聪聪，你要小心，宝盒是奶奶非常非常看重的宝贝，你可千万千万不要去碰它喔！万一打破了什么，我可不饶你！"小聪聪是个听话的好孩子。他真的不去碰祖母的宝盒，但是，心里却忍不住一直想一直想："那盒子里到底藏着多少珍珠宝贝呀？"

　　有一天，小聪聪想出一个好方法。他睁大了眼睛，在屋子里走来走去，不让自己睡着，一直到挂钟打了十一点，爸爸、妈妈和妹妹都安安静静地睡了，才一个人跑去敲祖母的门。

　　"奶奶！奶奶！你睡着了没有？"

　　"没有，我在整理我的宝贝盒子。"

"奶奶，你开门，让我帮你一起整理好吗？"

"哈哈，好啊！你进来吧！不过，我是不会让你帮我整理的，你只可以站在旁边看。"

"奶奶，那是一颗玻璃珠吗？为什么那么亮，又那么大？"

祖母仔细把弹珠拿出来，摩挲了一下，眼睛闪闪发光，就像那珠子一样亮。

"那是你爷爷小时候跟别人玩弹珠赢来的。他呀，哈哈……就拿来送给我了！你信不信，你爷爷，他是全村子里，打弹珠打得最好的小男孩呢！"

"奶奶，你现在手里拿的是什么？白白小小的，是不是珍珠？"

"不是，那是你爸爸五岁的时候掉的第一颗小乳牙！"

"哎呀！"小聪聪大叫了一声。

"怎么啦？"

"爸爸最诈了，我两年前掉第一颗门牙，他老拿手机要照我，害得我都不敢笑，整天把嘴巴闭得紧紧的，我不喜欢他来照我不好看的样子，他还爱念几句怪话，说：'豁牙巴，豁牙巴，小心虫虫往里爬。'哼，原来，原来他小时候也掉过牙！"

"哎哟，哎哟，"奶奶笑起来，"小聪聪呀，我看你其实像个小笨笨呢！世界上，所有活着的人都掉过牙，男人、女人、大人、小孩，全都掉过牙！你爸爸当然掉过牙。没掉过牙的，只有很小很小就死掉的小孩子……"

"啊！奶奶，你是说大姑姑吗？听说她三岁就死了。"

"唉！是啊！"奶奶说着，眼睛就红了，"她又乖又漂亮，我真舍不得她啊，也没办法，那时候乡下没医生，我抱着她，她全身发烫，半夜里，我一直走，一直走，还没走到镇上，她就没了……"

"听说妹妹长得像大姑姑？"

"有一点，但你大姑姑更乖，更漂亮……好了，咱们不说这个了。唉！你知道吗？昨天是她的生日呢，我买了一块蛋糕，点了三根蜡烛，为她庆生……唉，不说了，不说了……"

小聪聪也有点想哭，为那位他没见过面的大姑姑，又美丽又乖顺的大姑姑。不过他想，现在，最好再问奶奶一个新问题，于是，他说：

"这只石头小猴子是哪里来的？"

"这是奶奶的妈妈，就是你曾祖母送给奶奶的一只小玉猴，可不是你说的石头，石头跟玉是绝对绝对不一样的。奶奶属猴，所以奶奶和你爷爷结婚的时候，我妈就送了我这只玉猴。你知道她怎么会有这只玉猴的吗？"

"不知道。是花很多很多钱去买来的吗？"

"不是，不是，那是她的妈妈——也就是我的外婆——送给她的呢！"

"那——这样说，以后，等你的女儿结婚，你也要把小玉猴送给她啰！"

"唉，麻烦啊，你小姑姑都四十了，还不打算结婚，害我这只小玉猴都送不出去……"

“如果小姑姑一直不结婚呢？”

“哈哈，那就便宜你了，我会把它送给愿意嫁给你的那个新娘子！”

“哇，太好了——不过我还是愿意小姑姑快结婚，快点生个小表弟来跟我玩！”

奶奶一面微笑，一面打呵欠，并且准备要把宝盒关上了。

“啊！奶奶，奶奶，我又看见一样奇怪的东西，那里，那里，不是，更下面一点，对了！就是那里，那个有很多角的，花花绿绿的，那是个什么呀？”

小聪聪很聪明，他不敢自己下手去抓，怕弄坏了奶奶心爱的东西，他只好用嘴巴来形容，所以说起来很费力。

奶奶捞起藏在角落里的一个小东西，脸上露出得意的笑容。

“嘿，嘿，我猜你不认识这玩意儿！这些五颜六色的是丝线，这是我八岁那年做的哦！教我们做的老师叫曾老师。”

“可是，它到底是个什么呀？”

“我看你也猜不出来，我来告诉你吧！它是粽子，端午节吃的那种粽子。但是它不是用竹叶包糯米，而是用丝线缠在纸上。它不是拿来吃的，而是拿来看的，你瞧，漂亮吧？”

“漂亮！奶奶，你好厉害，你用了几种丝线呀？”

“十五种，曾老师说我的粽子是全班做得最好的，曾老师还说我长大了可以做艺术家！”

“后来，你就真的做了艺术家了吗？”

"没有，我们家穷，没钱读书，我就去工厂做女工，车衣服，不过，所有女工里面，我车得是最快最好的。你爸爸和你叔叔你姑姑小时候穿的衣服也都是我自己做的呢！他们走出去，大家都说他们是全村小孩中穿得最体面的。"奶奶说着又把丝线缠的粽子把玩了一下，"你看都五十多年了，这粽子的形状没变，颜色也一样鲜艳漂亮——唉，可惜曾老师死了，我好想念曾老师啊！她看我的眼睛，像丝线一样光亮，她摸我头发的手，又温暖又柔软……哎呀，都十二点了，你快去睡吧！"

"不过，奶奶，有一件事，我刚才一直想问——"

"明天再问不行吗？"

"不行啦，今天不问，我半夜都会想破头——"

"什么事这么严重？"

"哎，也没什么，就是，这宝盒里每一件东西都是漂漂亮亮的，为什么，有一件，只有一件那么旧又那么脏，奶奶干吗把这种东西也放在宝盒里？"

"哦，我知道你在说什么了，那是一封信，你说它旧，那是对的，因为它是我像你这么大的时候写的。到如今都六十多年了，怎能不旧？"

奶奶一边说，一边把信从宝盒里拿出来，信放在透明塑料袋里，信封是难看的土黄色，奶奶先拿出信封，又抽出信纸，信纸薄薄的，看来都快烂了。

"哇！奶奶，你好厉害，这么难写的字你都会写！"

"不是，这信封上的字不算我写的，是曾老师抓着我的手写的，我为什么写？哦，是因为有一天，放学了，我一个人，不回家，坐在小凳子上悄悄地哭。"

"为什么哭？"

"'为什么哭？'曾老师也是这样问我的，那天放学后她刚好经过教室，我说，我爸爸出门两个月了，他到城里去找工作去了，我们家里都没有他的消息，我好想他，但在家里不敢哭，我一哭，我的妈妈和我的爷爷奶奶都会一起哭了……曾老师一句话不说，就拉着我的小手走到老师办公的房间去，那房间很小，曾老师找出信纸、信封和邮票、糨糊，她把着我的手，帮我把信封上的名字和地址写了，那地址是一个城里亲戚家的地址，我常念，所以都会背了。"

奶奶接着把信纸铺平。

"但这封信，是我自己写的，曾老师叫我用拼音来写，我就写了，我说，爸爸，你好吗？我好想你，想得都哭了，爷爷奶奶和妈妈也都想你，你什么时候才会回家来看我们呢？"

"后来呢？"

"后来我爸爸，也就是你的曾爷爷，收到这封信，也哭了。他想，城里虽然能赚工钱，但一家人还是一起过日子比较好，他就回家继续种田了。他回家的那一天，把我抱起来，说，家里有这样的女儿，我干吗一个人在城里过呢！"

"对了，你刚才说这封信又旧又脏，旧是真的，脏是假的，它不脏，它只是变黄了，那是没办法的事，但它不脏，我每天都擦它

一遍呢！"

"啊！奶奶，你的宝盒真好玩啊——里面有好多秘密好多故事哟！"

小聪聪满意地回到床上去睡了。他梦见自己也有一只宝盒，里面放的是他心爱的无敌超人，他的加了护贝的奖状，他的做成救火车样子的模型汽车，还有许多他喜欢的东西。

在梦里，他叫自己的宝盒作"祖父的宝盒"，在梦里，他也拿着一块柔软干净的毛巾，轻轻拭擦着他的宝物，擦到每一件东西都闪闪发光。

舅妈只会说一句话

"小凡，快下来帮忙抬行李，小舅、小舅妈来了！"

可凡听到对讲机里妈妈的声音，立刻跳起来，他等这句话已经等了三个小时了。

钟可凡今年十二岁，六年级，小舅在他小学一年级的时候就出国了。小舅出国以前跟可凡是好朋友，有时带他骑车，有时带他钓鱼，有时甚至带他回外婆家，并且教他如何爬树，如何采最甜的芭乐。

那时的小舅二十二岁，是大学生物系四年级的学生。现在，小舅已经是博士了，而且，更让可凡好奇的是，小舅娶了一位洋舅妈！

他很想看看小舅现在是什么样子，也想看看小舅妈是什么样子。虽然在照片上都看过了，却总想看看本人。小舅的飞机下午三点钟到，妈妈不准可凡请假去接飞机，可凡只得放学以后乖乖地在家里等。现在快七点了，小舅、小舅妈终于来了。

可凡一路跑下三楼，只见楼梯口一大堆行李、一大堆人，十分热闹吵嚷。但是可凡很容易就看到小舅了，小舅比所有的人都高，而且穿了一件红衬衫，很显眼；小舅旁边那个女生当然就是小舅妈了。可凡这才注意到小舅妈的头发是栗色而不是金黄色，个子又长得娇小，从背后看倒也不太像外国人呢！这时大伙儿才刚下出租车，正在仔细地数点行李。

"小舅！"可凡等不及地大叫了一声。

"啊！"小舅猛一回头，赶快把行李丢下，忽地一纵身便跳到可凡面前，一个大巴掌，直拍到小凡肩膀上。

"哎呀，要是我在街上碰到你，旁边没有人告诉我，我才不敢相信你就是小凡！都长到我嘴巴这么高了！"

"你也一样，我要是在街上碰到你，我也不敢相信你就是小舅呢！我会想，咦，这个外国美人真有眼光，她挑的丈夫好英俊啊！"

"小凡，少油嘴滑舌，还不快叫小舅妈？"妈妈的嗓门儿总是那么大。

"小舅妈好！"

"谢谢，你好！"

"啊！小舅妈也会说中国话呢！"

"哈哈，她才不会呢！她总共就只会这一百零一句。"

"小凡呀，别忘了叫你下来是帮忙提行李的喔！"

可凡身高一百六十五公分，一手提一只箱子是没问题的。

"噢！谢谢你！"小舅妈说话的时候满脸微笑，可凡顿时觉得自己很伟大、很重要。

"小舅，你听小舅妈还会说另外一句中国话呢！"

"你被她搞糊涂啦！你想想，她现在说的其实还是刚才那一句。她说来说去就是这一句'谢谢，你好，谢谢你'，再没有别的了。"

"哎！其实，会这一句话也就够了。"沉默了很久的爸爸，忽然发表意见了，"有些人话太多，反而招嫌，会这一句话只要用得妥当，也就可以走遍天下了。"

可凡的家住在三楼，可凡放下行李，又下楼再去拿，转眼之间，他已经跑了三趟。

"谢谢，小凡，谢谢。"

每搬一次，洋舅妈总不忘说一声谢谢。

行李搬完后，大家在客厅坐定，妈妈从冰箱里拿出杨桃和莲雾，洋舅妈又说了一次谢谢。

"尝尝看，这是台湾很特别的水果，"爸爸说，"外国人有时把这两种东西叫作'星果'和'钟果'呢！"

小舅立刻翻译成英文给小舅妈听，小舅妈听得眉开眼笑，一面急着去抓起那切成一片片的"星"，和一只只粉红色的"钟"来品尝，当然，免不了的，她又说起那句老话："谢谢你。"

这一次，大家忍不住全都笑起来了，包括刚刚睡醒的六岁的小妹。

"哎，小凡，你知道吗？"小舅是笑得最大声的一个，"说起来，你小舅妈会说十几国的话呢！"

"哇！"爸爸的口气又佩服，又惊讶，"看不出她年纪轻轻的，居然学会了十几国的语言！"

"对，十几国的语言。"小舅笑得更大声，"但是每种话都跟中文一样，只会说一句'谢谢你'。"

"原来如此！"妈妈刚才也被唬得目瞪口呆，现在总算恢复了正常。

"那——葡萄牙话的'谢谢'怎么说？"

说话的是小妹，她刚才是有些没睡醒的样子，现在却兴致勃勃地提出问题来了。她最近偶然听到有两个国家，一个叫西班牙一个叫葡萄牙。对这两个有"牙"的国名很感兴趣，遇到机会便要卖弄一次。

"o-bu-ei-ga-de。[①]"小舅妈说完了，小舅加上一句说："这是葡萄牙话的谢谢。"

"ge-ia-x-ia-s。"

"这是西班牙话。"小舅补充。

"法国话呢？"可凡问。

"me-ei-si。"（ps. 志淑在学校学过一年法文，好像翻成 mei-h-si 比较接近。）

"德文呢？"爸爸也开始有兴趣了。

"dang-ke。"

---

① 本文注音均为拼音拟音。

"我也知道两种。"妈妈很高兴地接下去："英文说 san-k-iou；日文叫 a-li-a-duo。"

"我想起来了，小舅妈一定不会俄文吧？"可凡问。

"她会呢！"小舅说完，又转过头去翻译给小舅妈听。

"s-pa-xi-bo。"小舅妈说。

"我猜小舅妈不知道阿拉伯话的谢谢。"小妹又想起一道难题。

"你错了，她刚刚在飞机上正好学了这句。

"xiou-gu-lang。"小舅妈一面说，一面得意地笑了。

"我刚才在飞机上也跟一位韩国朋友学会了韩国的谢谢——gan-sa，你们听出来了没有？那是我们中文的'感谢'两个字变的呢！"小舅高兴地说着。

"啊！啊，我想起来了。"可凡忽然兴奋地大叫起来，"我会说一种谢谢，是你们大家都不会的。我跟一个泰雅尔同学坐在一起，他教我的，泰雅尔的谢谢是'ma-he-uai-s-fua-liei'。"

大家都笑着鼓起掌来。

"谢谢。"洋舅妈又把这一百零一句的中文说了一次。

"小舅妈谢什么呀？"小妹忍不住问。

"她谢谢小凡教会她一种新的'谢谢'，她谢你们大家都不把她当外人。"小舅说。

"姊姊，"晚餐时小舅忽然对妈妈说，"我明天就和露丝回苗栗，看看妈妈、哥哥、嫂嫂，也到爸爸坟上去一趟，还有黄老伯、李阿姨，以及一些小学老师，恐怕要住一个礼拜。找房子的事，等我从

苗栗回来以后再进行，反正我到下月一号才开始上班，还有时间的。"

"小舅要去外婆家？"可凡一听，立刻放下筷子，"我也要去，外婆家有芭乐树。"

"我也要去！"小妹是哥哥的忠实跟班，哥哥要做什么，她也非插一脚不可。

"快吃饭，不能去。"妈妈说，"小孩子要上学，不上学不是好孩子。"

"可是明天是星期六啊！"可凡抗议，"我只上半天课，请小舅等我一下，我们中午一起走，星期天不用上课，功课我会带去做好，星期一一大早请小舅送我到苗栗车站，我再自己坐车回来，到台北以后赶上课刚刚好。小妹不能去，她自己不会坐车。"

"哼！人家也会坐车，人家也会坐车。"小妹气得把饭碗推开，"人家从前就会坐车，人家小时候就会坐车……"

"我看这样好了，"爸爸说，"明日中午，我们大家一起回去吧！"

"哇！万岁！"可凡高兴得把筷子举起来挥舞着说，"谢谢爸爸！"

"哈哈！"小妹咯咯地笑起来说，"哥哥也学会'舅妈话'了。"

"哼！"可凡不屑地瞪了妹妹一眼，"我早就会说'谢谢'了！一句'谢谢'如果还要等到十二岁才会说，那也太笨了。"

"快吃饭，"妈妈下了命令，"两个人如果不好好吃饭，只会顶嘴，就休想去外婆家玩。'谢谢'两个字小娃娃也会说，但是有的人活了一辈子，却不知道从内心去感谢别人！"

可凡和小妹听了这话，立刻坐直坐正，把碗里的饭吃得干干净净。

一下车，可凡便感觉外婆家的大门口多了点什么。再仔细一看，原来是多了一串好长好长的红鞭炮。这时从屋子里跑出一个晒得赤赤黑黑的小男孩，大叫一声：

"阿妈！他们来了，要不要点鞭炮了？"

正说着，只见外婆已走出来！鞭炮噼噼啪啪地响起来，可凡高兴地大叫大跳；小妹又怕又爱，一面捂住耳朵，一面又忍不住放松双手去听一下那发了疯似的声响。

"又不是过年，为什么要放炮呀？"小妹大声问道。

"我知道啦，是欢迎小舅从美国回来！"可凡也大声回答。

一串鞭炮还没有放完，左邻右舍的老老小小全都跑出来了。外婆家是古老的砖造房子，门口有宽大的晒谷场，这时候满场上都是人，大家都笑眯了眼。

"啊哟，三婶婆熬出头啦，女儿嫁了好丈夫，儿子都娶了好媳妇！"

"咦，你们看这洋媳妇好秀气呀，这在我们村子里是头一次啊！

头一次！"

"三婶婆将来抱个孙子黑头发、蓝眼睛，才可爱呢！"

"啊呀，别吵了，别吵了，先让人家进去拜祖先吧！也不想想人家从台北来，累不累呀！"

"新娘子嘛，又是洋新娘，总难免要多看两眼呀！"

外婆夹在人群里，反而像客人一样，傻呵呵地看着大家，并且带着不好意思的微笑。她忙着把刚泡好的麦茶一一分给邻居，并且热心地把人往家中拉扯。

"来嘛，进来坐嘛！"

洋舅妈也分到一杯茶，她轻轻地说：

"谢谢妈妈。"

"新娘子会讲中国话呢！"大家又是一阵惊奇，"新娘子好聪明！"

"谢谢大家。"

可凡偷偷和小舅挤眼睛，做鬼脸，并且小声说：

"哈哈，这句话真有用呢！"

第二天一大早，可凡就起床了。妈妈昨天晚上说的，乡下地方，大家起得早，小孩子起晚了不好意思。没想可凡六点半起来一看，一屋子人除了妹妹还在睡以外，每一个人好像都起床很久了。外婆和妈妈正忙着把稀饭、花生米和萝卜干煎蛋搬上桌，小舅妈在一旁帮忙摆筷子。

大家匆匆吃了早饭，小舅妈筷子拿得虽不好，脸上却始终笑得很可爱，并且一直不忘记她最好听的声音："谢谢！"

吃完饭，大家准备出发去扫墓，隔壁的钟叔叔和另外一位李叔叔把他们的出租车开来，要载大家去墓地。就在大家正忙乱的时候，小舅低声和小舅妈不知说了些什么。

"小舅你跟小舅妈说什么呀？是不是说'矮勒肤悠'？"

"小凡，你说什么？"

"就是'我爱你'嘛！"

"小凡少捣蛋，世界上还有别的'情话'，你小舅妈问我为什么要带鸡呀鱼呀去给死去的外公吃？我说：'这是我们做晚辈的表示感恩怀德的意思，就好像你们外国人去墓地习惯带一把花，未必是给坟墓里的人闻的吧？'——小凡，你听，这也是'情话'呢！我向你小舅妈解释风土人情的情。"

"这里的邻居真厚道，"妈妈走过来说，"我们刚才要给他们车钱，他们怎么也不肯收。我说耽搁他们一早上的生意，当然该拿钱，他们说你外公在世时，他们吃你外公送的龙眼、芭乐，也不知吃了多少，现在怎么好意思收我们的钱？拉拉扯扯也没有结果，我想只有明天请他们来吃一顿饭了。"

小舅妈虽然听不懂妈妈说些什么，但对那一番善意的拉扯却似乎也能会心。

"小舅妈说什么？"可凡盯着问。

"哈，小凡，你别老去烦小舅、小舅妈，小心人家会嫌你的喔。"爸爸走过来，拍可凡一掌。

"不要紧，"小舅忙说，"你小舅妈在问——奇怪！中国人为什么总是有一种'感恩图报'的心情？而为了想报答人家，看起来有点儿像要打架呢？"

"露丝真聪明。"爸爸忽然唱了一句评剧，"受他人点水恩，当报涌泉。"

"你这是干什么？"妈妈冷不防被爸爸吓了一跳。

"这是评剧的唱词，意思是说，受人家一滴水的恩惠，却应该还人家涌泉一样多。露丝真聪明，一眼就看出中国文化里的精髓部分了，我才把我的拿手好戏唱一句给她听。"

外婆准备了好多提篮，出租车也正在发动，大家赶忙上车，大舅舅一直在旁边不停地抱歉：

"本来要买车的，不料考驾照没通过。早知道你们回来，我就早买了，害你们没有自己的车坐，真对不起！"

车子发动了，一棵棵的果树渐渐往后退，坟山在望了。

"这条路以前不是这样的。"小舅说。

"拓宽已有好多年了。"外婆说。

"现在变化可大呢！你看，这里没有几户人家，居然也办了一个小学。"

"噢，小舅，你不知道，在好高好高的山上也有学校，有的学校只有三个学生呢！我们老师说的！"

"哎哟！那真赔钱。"外婆笑了，"不过高山上的小孩子没有学

124

校也不行啊！"

祭完了外公，大家到小山顶上的一个亭子里休息。从山顶看下去，许多地方都辟成了梯田，一层一层的，非常好看。

"中国农人真是世界上最勤苦耐劳的了。"小舅说。

"是啊，台湾能有今天这种经济繁荣的局面，不晓得的人都以为是工业带来的；其实，真是要感谢农民呢！"爸爸说。

"外婆，我还要一块粿。"小妹因为起得早，一直都无精打采，此刻才忽然恢复了活力。

"你少说了一句话，"妈妈说，"我不准我妈妈给你粿！"

"哼！外婆会给我的。"

"你快说吧！"大舅笑起来，"你妈妈很凶呢！她又管妈妈又管女儿的。"

"说什么嘛？"

"少装傻，"可凡往小舅妈一指，"就是洋舅妈都会说的那一句话呀！"

"外婆，谢谢你，我还要一块粿！"

"不谢，不谢，"外婆眉开眼笑，"小妹喜欢吃就多拿些回家去。外婆别的不行，做粿却是专家。"

"小舅！"可凡忽然叫起来，"小舅妈又跟你说些什么？"

"说'矮勒肤悠'啊！"

"不对，如果说那句，我听得懂。而且你们说了好半天了，绝

125

对不只那一句。"

"你小舅妈刚才说的话太多了，我叫她再讲一遍，我一句一句来翻译给你们听，好吗？"

"太好了！"小妹鼓掌，"我最爱知道别人讲了些什么悄悄话。"

小舅妈站起来，把昨天大舅妈送她的旗袍拉平，向大家鞠了一个躬，才开始讲话：

"其实，来台湾以前，我已经天天都要听许多关于台湾的事了。在家里听丈夫讲台湾还不算稀奇，在其他地方，其他中国人知道我是台湾媳妇，也都热心地向我介绍台湾。表面上看起来，我是嫁给一个中国人，但免不了的，我也嫁给了中国。所以，别人讲给我听的话，我都认真地记住，奇怪的是，不管听了多少资料，自己见到台湾的时候，还是很惊奇，有一句中国话说：'听了一百次不如看一次。'"

"小舅不会翻译，这是'百闻不如一见'嘛！"可凡忍不住插了一句嘴。看见母亲回望了一眼，他伸了伸舌头安静下来。

"不过我喜欢的台湾跟人希望我喜欢的不同。别人总是要我看台北的楼多么高，汽车多么多，满街的商业情况多么兴盛，博物院里形形色色的精致器物，以及许多许多好吃的菜，好吃的水果……我承认这些东西我都喜欢，在我看来，中国人几乎每个人都是好厨子。我丈夫是，姊姊是，婆婆也是。我看，恐怕将来连小凡都是。"

"哼！"可凡说，"这句话可能是小舅自己加的。我比厨子高明多了，我是美食家！"

"刚才我说过，别人向我推荐的台湾都不是假的，我也都喜欢，但我因为父亲是外交官，从小旅行过很多城市，那些繁荣的市街和伟大的博物馆看多了，也就不稀奇了。如果要看汽车和高楼，留在纽约看就够了。我真正喜欢台湾的不在这些，我喜欢的是，像小凡这样有礼貌，却又活泼敢表达自己意见的小孩子！"

"不好意思啦，"可凡扮了一个鬼脸，"其实妹妹比我乖，比我可爱。"

"还有，妈妈在举筷子以前看着米饭的慎重感谢的神情，嚼每一口饭都是又尊敬又欢喜的。我想种田的人看到别人用这种感恩的眼神来看他的米饭，一定很高兴的。我也喜欢看到大侄子爬上树去采龙眼，洗好了，拿来时那种又自豪又谦卑的笑容。我更喜欢大哥、大姊在祭拜父亲的时候，亲切诚心的态度。我虽然听不懂他们口中喃喃地说了些什么，却看得懂他们眼里的话。他们说：'爸爸，我们来看你了，谢谢你爱我们，培植我们，你一生为我们吃了不少苦，但这些都有收获，我们现在都好好地活着，我们都没有辱没你。'我想我猜的大概没错吧？"

"天哪！小舅妈真聪明，"可凡又插了一次嘴，"我刚才听见妈妈讲的就是这几句话呢！"

"当然聪明，"小舅回了一句，"否则怎么会选上这么好的丈夫！"

"我也喜欢姊夫唱的那句评剧，"小舅妈接着说，"'别人给你一滴水，你还他一座喷泉！'这句话多好啊！"

"小弟的中文太坏，"妈妈笑起来，"这句话应该是'受他人点水恩，当报涌泉'。"

"我故意的，"小舅笑道，"外国人说话的习惯不同，换个口气说，其实听起来也挺新鲜有趣呢！"

"那天我们为了好玩，曾经说了好多种国家的谢谢。当然，自从嫁给一个中国人以后，我说得最顺口的是中国话的谢谢，特别谢谢可凡，因为他教我说了一句泰雅尔话的谢谢。其实，如果我真的有心去学，单单中国境内的汉、满、蒙、回、藏、苗、瑶等，加上阿美族、曹族、雅美族等，要学上一百种也不难。不过，到今天我才发现这里面有一种谢谢是最动人的，你们猜是哪一种？"

"今天？"爸爸说，"今天她听了闽南语，对不对？"

"也许是客家话？"妈妈也在极力想。

"不对，不对，今天我学会的其实是'无声的谢谢'，像大哥看稻田的眼神，像你们看坟墓的表情，像姊夫跟妈妈说话的样子，其实都在说一个字，都在说'谢'。这种谢是国际性的，不需要听，一看就懂，所以我也懂了——就连现在，你们的眼睛里也在说那个字，你们的意思我懂，你们的眼睛在说：'露丝，谢谢你啊！我们虽然彼此语言不通，你却看懂了我们的内心，你这个美国女孩，来做中国媳妇，不容易啊！好好照顾你的丈夫，我们相信你会了解他的。'我猜得对不对呢？最后，还是让我说我唯一的那句中文，因为你们爱我，接受我，所以我很感激，让我说，谢谢你们！"

小舅妈说完，走上前去抱了外婆一下，大家都鼓起掌来。

"我从前不懂中国人和外国人结婚是怎么过的，说起话来多麻烦！"在回家的路上，妈妈说："现在才知道，原来另有办法呢！"

"是啊，只要会说谢谢。"小妹一面吃下最后一口粿，一面大声说，"我喜欢这位只会说一句话的舅妈。"

"而且，还会听懂人家没有说出来的谢谢。"可凡连忙加一句。

"啊哟，看来这对兄妹要变成感谢专家了！"外婆笑起来。

远近的山岳平原起伏，太阳升得好高，今天会是一个爽朗美丽的好天呢！

苏拉弥和他幼时的名字

苏拉弥的船靠岸了，岸上有人在搬运行李，有人在卸下渔获，有人在大声叫卖说：

"刚从印度贩来的，像天上星星一样的珠宝啊！"

"刚从阿拉伯带来的，像公主呼吸一般芬芳的香膏啊！"

"还有刚从中国买来的，像云霞一样丽亮的丝网啊！"

"第一天开张，便宜卖给大家啊！"

上岸再多走几步，便是一排餐馆，但苏拉弥毫不犹疑走向左边第三家——也就是有着绿色遮篷的那一家。他知道，那一家有最鲜美的蛤蜊浓汤和外脆内韧的面包，以及香闻十里的咖啡——因为，五十年前，他出海的那一天，便是在这家餐馆吃下最后一顿早餐的。五十年来，那顿早餐一直是他乡思的一部分。

五十年过去了，当日十五岁的男孩已是六十五岁的老人了。但喝下第一口热汤的时候，他由衷的喜悦还是一样的。

"啊，请问，"苏拉弥问侍者，"如今掌厨的还是拉斐尔妈妈吗？"

"我不知道谁是拉斐尔妈妈。"侍者客气地回答。

苏拉弥不敢再问下去，他想，拉斐尔妈妈也许已经不在人世了。

这时候，餐厅门口突然出现了一个白发苍苍的老太婆。她站在门框里，逆着光，像一幅题名为"岁月"的画幅。

她的衣服有些敝旧，但还干净，她的脸孔满布皱纹，但眼神仍然炯亮，她直直地走向苏拉弥。

"沙仑村来的孩子啊！"她说，"你可以请一个贫穷的老婆子吃一顿饭吗？我需要的不多，我只需要你把你点的红葡萄酒分半杯给我，我只需要你把刚烤好的面包分半块给我。"

苏拉弥连忙点头答应，并且为老妇人拉开餐桌凳子，请她坐下，老妇人看来几乎像有一百岁那么老了。

"啊，请你告诉我，"苏拉弥说，"你为什么知道我是沙仑村来的呢？为什么你叫我'孩子'呢？我已经六十五岁了啊！"

"我是个女先知，"老妇人说，"我知道你从遥远的山乡沙仑村来。我知道你在五十年前的一个春天的早晨跟着一只船远航扬帆而去。我知道你在航海的途中因珍珠和红宝石发了财，并且在异乡娶妻生子。我知道，你的妻子最近死了，你的儿子也已结了婚。我知道你今天要回沙仑村去，并且打算在那里终老。我因为看见你的眼神和五十年前出海时一般热切，所以便仍称你为孩子。"

"啊！"苏拉弥目瞪口呆，"你把我的一生都说出来啦！"

"不，我还没说完，"老妇人说，"沙仑村不一定是你回得去的！"

"什么？沙仑村怎么了？是发生了地震？还是旱涝？或者，难道是瘟疫？沙仑村毁灭不存在了吗？"

"啊，不，沙仑村仍然存在，

只是它的玫瑰花不再艳红，

它的垂柳不再碧绿，

它的森林里清风停止吹动，

它的小鸟也不肯歌唱了。"

"什么？什么？有这样的事？那，沙仑村的人可怎么活下去呢？"苏拉弥霍地一下站起来。

"啊，不，不要急，"老妇人微笑，并且啜了一口美如流霞的葡萄酒，"沙仑村的人活得好好的，我说的是你——当你回到故园，故园对你已经是鸟不语花不香的世界。并且更可怕的是，无论你喝多少水，你仍然焦渴欲死，像烧干的锅底。"

"啊，是这样的吗？"苏拉弥坐下，并且失声痛哭，"我这遭上天诅咒的不幸水手，我回到自己的故乡，故乡却已经朽坏了！啊！

我五十年来魂思梦想的沙仑故乡啊！我这不曾在多次海难中干死的，居然会干死在自己的故乡！"

"啊，我知道上天的旨意无可违抗，但我忍不住要问一句——凭什么，凭什么我要受这么狠毒的诅咒？"

"这是一道古老的魔咒，谁也不能违抗，凡是离开故乡达五十年之久的人，都会受这道诅咒折磨。"

苏拉弥哭得更绝望了。

"沙仑的孩子，不要哭了！"老妇人说，"你这可怜的还乡人，其实，你也不是全然无救的，我会告诉你一个破除诅咒的方法。"

"是吗？"苏拉弥擦干眼泪。

"你去，走遍全城，找到每一个你认识的人，问他们，他们还记不记得你，还有，问他们记不记得你幼时的名字？"

"我幼时的名字？我的名字就叫苏拉弥啊！"

"不，不是这一个，"女先知说，"是你小时候大家习惯叫的另一个名字——也许连你自己也忘了！"

"我有另外一个名字？我有另外一个名字？我怎么都不记得呢？"苏拉弥急得脸都红了。

"不要急，"女先知说，"我知道你小时候是个友善的孩子，你的玩伴很多，他们中间不少人现在还活着，你去重访他们，他们总会有一个还想得起来的！"

"先知啊！既然你是无所不知的，那么，我幼小时候的名字，你是一定知道的啰？请你告诉我好吗？"

"不，我不知道，而且，就算我知道，也没有用，必须是你沙仑故乡的旧识说出来的才有效。"

结了账，苏拉弥忧忧愁愁地往沙仑山村走去。从海港到山村，还有三天的路程。一路上，他认识晴空的流云，他认识路旁的茅屋，他认识溪流中的光滑的小石子——但是，他却想不起自己幼小时候的名字，想起来也没有用，女先知明明白白地说，必须由别人来想起他的幼年名字。

2

三天以后，苏拉弥回到了沙仑山村，迎面看到一棵极粗大的银杏树，苏拉弥非常快乐，因为那是他小时候爬过的树。

他想再爬一次——可惜他的手脚不再灵活，他只爬了一尺，便滑了下来。

他继续往前走，并且看到一只和善的小黄狗。

"亚孩！"他大声叫，小狗惊奇地望着他，他知道自己错了，一只狗是活不了五十岁的，这只小狗也许是亚孩孙子的孙子，谁知道呢？

苏拉弥继续往前走，这一次，他看到他的故宅。苏拉弥从小是孤儿，很穷，他的家是倚着一块突出的片状大岩石造的，大岩片是他家的屋顶，左右便搭些树干遮风避雨。现在看来，树干早朽了，有人把周围围起栅栏作为羊圈。

苏拉弥呆呆地望了望黄昏时候归来的羊群，便默默地走开了。

他走到城中最繁华的集市边，投宿一家客栈。

3

"这村子里最有学问的人是谁呢？"第二天，他一边喝一碗奶酪，一边向路上的行人打听。他的声音沙哑——由于干渴。

"是教师乐法，"他们一致回答，"他的学校就在山顶上，你远远就看得到的，他有学生一千，其中大弟子三十人，他们每天都在研究法律、历史和天文、地理。不管山上的树、地上的兽、海里的藻和古代的战争，教师乐法都无所不知！"

"啊，果真是他！"苏拉弥欢呼，"五十年前他就是我们朋友中最聪明的小孩，他的父母为他延请许多出名的学者来教他——现在，他果然成了最有学问的人了！"

苏拉弥也为自己高兴，他想，有学问的人大概记性比较好，也许教师乐法说得出自己幼时的名字。苏拉弥往山顶走去。

教师乐法穿着他黑色天鹅绒的罩袍出来见客。

"啊，乐法，乐法，我是你幼时的同伴苏拉弥，我离乡五十年了，你还记得我吗？"

教师乐法支颐沉思：

"我不敢说我忘了你，我也不敢确定我记得你。我似乎认得过一个叫苏拉的朋友，但他比你老。我也认得一位叫拉弥的学生，但他比你小。而且，我刚才请我的弟子去查过档案，你的名字并不在我朋友的名单上。根据以上的事件推论，我暂时不认为你——或者说苏拉弥——和我有任何关联。"

"啊！你都不记得了吗？曾经，我请你吃过烤蝗虫的卵。曾经，你用玻璃，对准太阳，让我们看一张纸如何聚焦，并且烧了起来！啊！这些，你都忘了吗？你记遍人类的知识，为什么记不得小玩伴的往事呢？"

教师乐法瞪着他清澄睿智却无辜的眼睛，说：

"你知道我小时候的事情，那并不难，我的生平，在传记上都写得很清楚，而每家书店里都可以买到我的传记。"

苏拉弥无话可说，毕竟，五十年是太久了，用五十年来忘掉一个人，是可以忘得很彻底的。

4

"在这个村子里，谁是最有钱的人？"第三天，苏拉弥又向路人打听。

他的声音干瘪如败絮，他的人也因干渴而消瘦了。

"是富翁希金。"大家异口同声地说，"他的家在山腰上一带瀑布旁边，他家的墙上爬满了紫丁香。他的别墅有好多美丽的窗子，他的客厅里摆满从东方来的象牙和地毯。"

"啊！果真是他！他是个天生的商人，我记得他从前常常主动

136

要求替同伴买牛奶糖，然后他请求糖果店的老板卖他便宜一些，譬如说，八折或九折，他自己因而可以吃到免费的多出来的糖，而我们，也没有吃亏。他有时也放债，我们得用玻璃珠作抵押，过期不还他就没收玻璃珠，拿它去卖钱……"

富翁希金接见了苏拉弥，苏拉弥穿过花园，看见满园的玫瑰和垂柳，却感觉不到它们的艳红和翠绿——一如女先知说的。他甚至把园中喷泉的水猛喝了几口，只可惜流泉竟如海水，令他愈喝愈渴。

"你递进来的金箔名片让我好奇，你一定也很有钱吧？"富翁希金说，"跟我说说东方财货的事，或者我们会有机会合作，如果你有什么新奇美丽的货品，也可以先让我过个目，我会给你个好价钱的。"

"希金，希金，你忘了我吗？我是苏拉弥，放羊的穷孩子苏拉弥。我出海去了，去了五十年，我如今回来了，有了一点钱，但钱对我不重要，我要找到一个认识我的人……"

希金忽然站了起来，他的眼光里布满不定的猜疑。

"苏拉弥，对不起，我还有一个约会，我们后会有期了。我不记得童年时期的朋友了，也许等我有空的时候，我会好好想一想。"

苏拉弥也站了起来，发现希金的宝石腰饰猛乍刺眼。

"也许你不记得我了，毕竟五十年过去了，但你记不记得我的羊毛毯？那是我最值钱的东西，有一次，我跟你借钱，误了偿还的时间，你就把那毯子卖了。"

"啊，从我手上卖掉的旧毯子太多了，我哪能一一记得呢？"希金说得像诉苦一般。

苏拉弥死了心，尽快离开了希金的家，那时，天下起小雨，苏拉弥的脸颊上一片水痕……但，那水对苏拉弥的渴却无补，他仍然焦灼欲死。

<h1 style="text-align:center;color:red">5</h1>

"谁是最会唱歌的人？在这个村子里。"苏拉弥问，他的声音更干苦难听了。

"凯音！凯音！他不但是全城唱得最好的，去年全国唱歌比赛，他也是得第一呢！他常去皇宫里唱歌喔！"

"他住在哪里？"

"在河边，在大桑树旁，那座石头砌成的漂亮屋子里！"

"啊！我就知道会是他——凯音，"苏拉弥一面走一面自言自语，"记得当年他唱起歌来的时候，连我的羊儿都忘了吃草呢！"

走着走着，苏拉弥想起一首歌来，那是他和凯音最爱的一首歌：

春天的时候我栽了一棵柳树

树长着长着就长出了她的头发

夏天的时候我种下了荷花

花开着开着就开出了她的红颊

秋天我什么都不敢种

但她的眼睛仍借月色居高临下

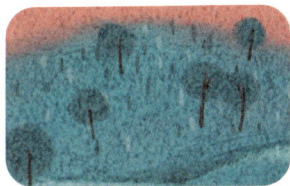

冬天的时候我烤着炉火唱歌

但唱着唱着便只剩一句歌词

她，她，她……

　　苏拉弥终于来到了凯音的窗前，虽然明知道于事无补，他还是灌了几口河水。

　　"凯音，亲爱的朋友，你在吗？"

　　"谁？"

　　"我是苏拉弥，我是你幼年时候的玩伴，你还记得我吗？"

　　"你的口音，像本地人，但你皮肤的颜色，却比较深，你是远方来的吗？"

　　"我是沙仑村本村的人，我出海五十年了，这两天才回来的——你真的不记得我了吗？我曾和你一起喜欢一个可爱的小姑娘，那姑娘的名字叫姬儿，她常穿一双粉红色的有绊带的小鞋子！"

　　"姬儿？"凯音迷惘了一下，"对不起，朋友，我这一生，爱上太多女子，我真的不记得了。"

　　"那么，这首歌，也许，你还有印象？"

于是苏拉弥唱起那首"春天的时候，我栽了一棵柳树"，也许苏拉弥太老了，也许他把旋律唱走了音，凯音终于摇了摇头。

"实在对不起，朋友，我只能说，这首歌我听起来很熟悉，但我不记得我唱过它了。我老了，我不再唱情歌了。这些年我常为国王和宰相唱歌，我的歌多半歌颂国王的大德宏恩和宰相的英明有为。我的钱，就是这样赚来的。"

"这样说来，你全然不知道有个叫苏拉弥的小孩了？"

"对，我完全没有印象。"

苏拉弥离去了，他因脱水而发烧，整个脸孔都红了起来，他的皮肤也皱缩如枯叶。他悲伤地想，也许必须走了，如果找不到认识自己的人，如果找不到可以说出自己幼年名字的人，如果诅咒一直随着自己，不出几天，必死无疑，没有人可以长期不受水的滋润……

6

苏拉弥躺了一天，觉得非常虚弱。但他仍然努力挣扎着爬起来，他必须出发再去寻找，也许还有一线希望。他想起了姬儿。

"请问有一位美丽的女孩叫姬儿的，她住在哪里？"

"美丽的女孩？"听到问话的路人睁大眼睛，"我们村上美丽的女孩很多，但其中并没有一个叫姬儿的！"

"啊！"苏拉弥不禁笑了，"让我修正我的话，她不是美丽的女孩——而是美丽的祖母！"

苏拉弥因为口唇干焦，连说话都走了音。市集上的行人个个惊奇地看着他。

"所有的祖母都是不漂亮的！"有个壮汉发表意见，"祖母怎么可能漂亮？都老得没牙了！"

围观的群众大声爆笑起来。

"我的曾祖母有牙！"人群中有个甜甜的小女孩挤到前面抗议，"而且，她很漂亮！"

苏拉弥俯看小女孩，他呆住了。这孩子的声音和脸庞活脱脱就是当年的姬儿，更离奇的是，这孩子还穿着一双粉红色带绑带的鞋。

"告诉我，孩子，她叫什么名字？"

"咦？她就叫曾祖母啊！——我们都叫她'曾祖母'！"

"那么，你姓什么？"

"我姓杜尔。"

"啊，果真是杜尔那浑小子，原来就是他！原来姬儿嫁给了他！"

随着小女孩，苏拉弥去探看"曾祖母"，"曾祖母"的家到了，苏拉弥听见窗口传出甜蜜的摇篮曲：

睡吧！睡吧！小小孩！

海上有船，船上有人

人儿的心事我明白

猜一猜啊猜一猜

什么时候啊那人回来

睡吧！睡吧！小小孩！

虽然他的身体已是第五天不受水分的祝福和滋润了，虽然他干涸如枯枝如烤焦的甑釜。但是喷泉一般的泪水还是流了下来。

"我认错人了！"

苏拉弥转身离去，但走了几步，有一块比较高的小土丘，土丘上长着一棵树，他坐下来，隔着树观看，唱歌的女子刚好嵌在窗子里，像一幅绣画。是姬儿，正是她。她的头发已不复是翠柳，她的双颊已不再是荷花，但他还是大声地唱起那首歌：

春天的时候我栽了一棵柳树

树长着长着就长出了她的头发

夏天的时候我种下了荷花

花开着开着就开出了她的红颊

秋天我什么都不敢种

但她的眼睛仍借月色居高临下

冬天的时候我烤着炉火唱歌

但唱着唱着便只剩一句歌词：

她，她，她……

姬儿听见了，她像受惊的兔子跃起，她在窗口探望，但苏拉弥躲在树后不动，直到姬儿走开才离去。啊，不，他想，不能和姬儿见面，就算她记得他幼时的名字，他也不要去问。

只要不看姬儿，姬儿就仍是十四岁的少女，只要不让姬儿看到自己，他就仍然是十五岁的少年。

"一定是我自己胡思乱想的，"他听到那苍老又甜蜜的声音，"小女孩，不会有人来看曾祖母的，海上的人还在海船上，海上的人还在歌词里！"

姬儿的家小小的，屋旁有一棵开着黄花的大树，那金黄色的花像多得数不完的星星，那些星儿因为风而簌簌下落。

虽然，那受诅咒的身体因得不到水的滋润已经像旱地那样快要龟裂成一块块的了——可是，苏拉弥还是鼓着一口气，拼命地飞快逃跑了。

7

"我还能到哪里去呢？"

跑了很远之后，苏拉弥停下来，茫然地问着自己。

刚才跑得太快，苏拉弥也不知道自己身在何处，举头望去，这里似乎是离市场不远的穷人住宅，苏拉弥靠在一家屋檐下躲避太阳。

忽然，他听到一声微弱的呻吟，杂着惊天动地的咳嗽。苏拉弥抬头向窗里望了望，只见朽败的梁柱下躺着一个病人，病人盖着灰旧的破布，整个身体瘦得和床面几乎一样高了。

"啊，慈悲的天神啊！接我到你那里去吧！"病人喃喃叨叨地说，"我在这尘世无儿无女，我也没有依恋，如果你的旨意真的还不肯接我去，那么，请赐给我一颗硕大多汁而又甜蜜的石榴润润我的喉咙吧！神啊！请听我这不幸之人最后的小小的祈愿吧！"

"啊！"苏拉弥的心像蜂蜇一般的痛，"原本这病人也和我一样不幸，原来这世间也有人跟我一样遭干渴之苦——不过，这人比我幸福，因为，只要一颗石榴，就能滋润那焦干的病体，可是我，我的渴却是吃尽市场上的石榴也治不好的啊！"

想到这里，苏拉弥万念俱灰。

"会不会，今天中午，屋里干死了一个人，屋外也干死了一个人？"

"啊，不，不要，我是受了古老的魔咒，但这人，这人也许只需一粒石榴就可以救话。不管怎么，我还是拼着最后一口气去为病人买一颗石榴吧！"

慢慢的，他火热滚烫的双脚在大地上拖行，像一对加了热的熨斗。慢慢的，他走到市场，买了十颗硕大美丽的红皮石榴，石榴因为饱满，微微爆裂，露出晶莹剔透的籽粒。

走进房间，他才发现生病的是个极老极老的妇人。

"老人家！"苏拉弥塞一粒果肉在老妇口中，"神说，要我把这石榴喂给你。"

老妇人两眼翳蒙，苏拉弥忽然明白，原来她已经瞎了。

老妇人咀嚼了两下，忽然说：

"神啊，谢谢你，这石榴，好甜好清凉啊！"

接着，她又继续吃了几粒，忽然，她伸手抓住苏拉弥，激动地大声喊叫起来：

"是你吗？是你吗？小蜜滴儿！"

"什么？你说什么？"

"是你！是你！你是小蜜滴儿！你是我的小蜜滴儿！你去了哪里？我好久好久都没见到你了！你现在是天使吗？我现在是在天堂吧？"

"小蜜滴儿？是啊！是啊！我知道了！啊！我终于知道了！原来我幼小时候的名字就叫小蜜滴儿！——可是，你是谁呢，你怎么记得这名字？"

"我是你的老师安玛，你因为家穷，只读过一年书。可是你是个好孩子，你对大家都好，你总想方法让我们快乐。大家觉得你很甜蜜，所以给你取了个名字叫'蜜滴儿'。那一年，夏天，我坐在教室里改作业，天很热，你悄悄走进来，一手捂住我的眼睛，一手塞了一粒石榴籽在我嘴里，你说：'老师，猜猜，我是谁？'我说：'当然是小蜜滴儿，还会有谁呢？'"

"啊！我记起来了，那是山上的石榴，我采的，我知道哪一株树的哪一颗石榴最甜。——但是，你现在已经看不见了，你怎么知道我就是蜜滴儿呢？"

"哦，因为，亲爱的小蜜滴儿，你的声音还跟五十多年以前一样柔和甜蜜，你喂石榴籽的动作还跟五十多年以前一样小心在意——你还是个孩子，我看不见，但我知道你就是那可爱的名叫蜜滴儿的孩子——唔，对了，你自己也吃一点石榴吧，很甜很多汁的，像你五十多年前给我的一样好！"

苏拉弥于是也喂了自己一粒石榴。

"啊！"

"怎么啦？"老妇人问。

"我——我吃到石榴的清凉了！"苏拉弥一边说一边流下泪来。

"石榴本来就是清凉的，更何况，这里是天堂——"

"不，安玛老师，这里还是人间，不信，你听听，屋顶破瓦上还有麻雀在走路的声音呢！"

安玛老师笑了：

"啊，小蜜滴儿！我糊涂了！我还以为所有的好事都只发生在天堂呢！"

8

魔咒解除了，这以后，苏拉弥每喝一口泉水都为那份清凉滋润而感谢上苍，他在沙仑村住了下来，并且过着快乐的日子。

苏拉弥认真地告诉每一个人他幼时的名字叫"蜜滴儿"，并且要求别人都这样叫他。他怕这名字万一又给忘了就麻烦了——不过这一点他倒不用担心，因为苏拉弥为人仁慈，大家心里都觉得他的确像蜜滴一样甜美，所以叫他蜜滴儿也叫得十分自然。唯一让苏拉弥还不太适应的是，现在，他们都用"老蜜滴儿"来叫他了。

Chapter 1

第二辑

俯身和孩子谈心说艺

精致的聊天

> 此日足可惜
> 此酒不足尝
> 舍酒去相语
> 共分一日光

很喜欢韩愈的这首诗；如果翻成语体，应该是：

> 可珍惜的是今天这"日子"啊！
> 那淡薄的酒又有什么好喝的？
> 放下酒杯且来聊聊吧，
> 让我们一起分享这一日时光。

所以喜欢这首诗是因为自己也喜欢和朋友聊天，使生活芳醇酣畅的方法永远是聊天而不是饮酒，如果不能当面聊，至少可以在电话里聊，如果相隔太远长途电话太贵，则写信来聊。如果觉得文字不足，则善书者可书，善画者不妨画，善歌者则以之留贮在录音带里——总之，不管说话给人听或听别人说话，都是一桩万分快乐的事。

西语里又有"绿拇指"一词，指的是善于栽花莳草的人，其实也该有"绿耳人"与"绿舌人"吧？有的人竟是善于和植物互通消息互诉衷曲的呢！春天来的时候，听听樱花的主张，羊蹄甲的意见或者杜鹃的隽语吧！也说些话去撩撩酢浆草或小石槲兰吧！至于和苍苔拙石说话则要有点技巧才行，必须语语平淡，而另藏机锋。总之，能跟山对话，能跟水唱和，能跟万紫千红窃窃私语的人是幸福的。

其实最精致最恣纵的聊天应该是读书了，或清茶一盏邀来庄子，或花间置酒单挑李白，如果嫌古人邈远，则不妨与辛稼轩曹雪芹同其歌哭，如果你向往更相近的跫音，便不妨拉住梁启超或胡适之来聒絮一番。如果你握一本"生活的艺术"，林语堂便是你谈笑风生的韵友，而执一卷"白玉苦瓜"，足以使余光中不能不向你披肝沥胆。尤其伟大的是你可以指定梁实秋教授做传译而和莎翁聊天。

生活里最快乐的事是聊天，而读书，是最精致的聊天。

不朽的失眠

——写给没考好的考生

他落榜了！一千二百年前。榜纸那么大那么长，然而，就是没有他的名字。啊！竟单单容不下他的名字"张继"两个字。

考中的人，姓名一笔一画写在榜单上，天下皆知。奇怪的是，在他的感觉里，考不上，才是天下皆知。这件事，令他羞惭沮丧。

离开京城吧！议好了价，他踏上小舟。本来预期的情节不是这样的，本来也许有插花游街、马蹄轻疾的风流，有衣锦还乡袍笏加身的荣耀。然而，寒窗十年，虽有他的悬梁刺股，琼林宴上，却并没有他的一角席次。

船行似风。

江枫如火，在岸上举着冷冷的爝焰。这天黄昏，船，来到了苏州。但，这美丽的古城，对张继而言，也无非是另一个触动愁情的地方。

如果说白天有什么该做的事，对一个读书人而言，就是读书吧！夜晚呢？夜晚该睡觉以便养足精神第二天再读。然而，今夜是一个忧伤的夜晚。今夜，在异乡，在江畔，在秋冷雁高的季节，容许一个落魄士子放肆他的忧伤。江水，可以无限度地收纳古往今来一切不顺遂之人的泪水。

这样的夜晚，残酷地坐着，亲自听自己的心正被什么东西啮噬而一分一分消失的声音，而且眼睁睁地看着自己的生命如劲风中的残灯，所有的力气都花在抗拒，油快尽了，微火每一刹那都可能熄灭。然而，可恨的是，终其一生，它都不曾华美灿烂过啊！

江山睡了，船睡了，船家睡了，岸上的人也睡了。唯有他，张继，醒着，夜愈深，愈清醒，清醒如败叶落余的枯树，似梁燕飞去的空巢。

起先，是睡眠排拒了他。（也罢，这半生，不是处处都遭排拒吗？）尔后，是他在赌气，好，无眠就无眠，长夜独醒，就干脆彻底来为自己验伤，有何不可？

月亮西斜了，一副意兴阑珊的样子。有鸟啼，粗嘎嘶哑，是乌鸦，那月亮被它一声声叫得更暗淡了。江岸上，想已霜结千草。夜空里，屋子亦如清霜，一粒粒冷绝凄绝。

在须角在眉梢，他感觉，似乎也森然生凉，那阴阴不怀好意的凉气啊，正等待凝成早秋的霜花，来贴缀他惨绿少年的容颜。

江上渔火二三，他们在干什么？在捕鱼吧？或者，虾？他们也会有撒空网的时候吗？世路艰辛啊！即使潇洒的捕鱼人，也不免投身在风波里吧？

然而，能辛苦工作，也是一种幸福吧！今夜，月自光其光，霜自冷其冷，安心的人在安眠，工作的人去工作。只有我张继，是天不管地不收的一个，是既没有权利去工作，也没有福气去睡眠的一个……

钟声响了，这奇怪的深夜的寒山寺钟声。一般寺庙，都是暮鼓晨钟，寒山寺庙敲"夜半钟"，用以警世。钟声贴着水面传来，在别人，那声音只是睡梦中模糊的衬底音乐。在他，却一记一记都撞击在心坎上，正中要害。钟声那么美丽，但钟自己到底是痛还是不痛呢？

既然无眠，他推枕而起，摸黑写下"枫桥夜泊"四字。然后，就把其余二十八个字照抄下来。我说"照抄"，是因为那二十八个字在他心底已像白墙上的黑字：

> 月落乌啼霜满天，
> 江枫渔火对愁眠。
> 姑苏城外寒山寺，
> 夜半钟声到客船。

感谢上苍，如果没有落第的张继，诗的历史上便少了一首好诗，我们的某一种心情，就没有人来为我们一语道破。

一千二百年过去了，那张长长的榜单上（就是张继挤不进的那张金榜）曾经出现过的状元是谁？哈！谁管他是谁？真正被记得的名字是"落第者张继"。有人会记得那一届状元披红游街的盛景吗？不！我们只记得秋夜的客船上那个失意的人，以及他那场不朽的失眠。

如果作者是花

"年年岁岁花相似，岁岁年年人不同。"

诗选的课上，我把句子写在黑板上，问学生：

"这句子写得好不好？"

"好！"

他们的声音听起来像真心的，大概在强说愁的年龄，很容易被这样工整、俏皮而又怅惘的句子所感动吧？

"这是诗句，写得比较文雅，其实有一首新疆民谣，意思也跟它差不多，却比较通俗，你们知道那歌词是怎么说的？"

他们反应灵敏，立刻争先恐后地叫出来：

太阳下山明早依旧爬上来

花儿谢了明年还是一样地开

美丽小鸟飞去不回头

我的青春小鸟一样不回来

我的青春小鸟一样不回来。

那性格活泼地干脆就唱起来了。

"这两种句子从感性上来说，都是好句子，但从逻辑上来看，却有不合理的地方——当然，文学表现不一定要合逻辑，但是我还是希望你们看得出来问题在哪里？"

他们面面相觑，又认真地反复念诵句子，却没有一个人答得上来。我等着他们，等满堂红润而聪明的脸，却终于放弃了，只因太年轻啊，有些悲凉是不容易觉察的。

"你知道为什么说'花相似'吗？是因为陌生，因为我们不懂花，正好像一百年前，我们中国是很少看到外国人，所以在我们看起来，他们全是一个样子，而现在呢，我们看多了，才知道洋人和洋人大有差别，就算都是美国人，有的人也有本领一眼看出住纽约、旧金山和南方小城的不同。我们看去年的花和今年的花一样，是因为我们不是花，不曾去认识花，体察花，如果我们不是人，是花，我们会说：

'看啊，校园里每一年都有全新的新鲜人的面孔，可是我们花却一年老似一年了。'

同样的，新疆歌谣里的小鸟虽一去不回，太阳和花其实也是一去不回的，太阳有知，太阳也要说：

　　'我们今天早晨升起来的时候，已经比昨天疲软苍老了，奇怪，人类却一代一代永远有年轻的面孔……'

　　我们是人，所以感觉到人事的沧桑变化，其实，人世间何物没有生老病死，只因我们是人，说起话来就只能看到人的痛，你们猜，那句诗的作者如果是花，花会怎么写呢？"

　　"年年岁岁人相似，岁岁年年花不同。"他们齐声回答。

　　他们其实并不笨，不，他们甚至可以说很聪明，可是，刚才他们为什么全不懂呢？只因为年轻，只因为对宇宙间生命共有的枯荣代谢的悲伤有所不知啊！

遇

——遇者，不期而会也。（《论语·义疏》）

生命是一场大的遇合。

一个民歌手，在洲渚的丰草间遇见关关和鸣的雎鸠，——于是有了诗。

黄帝遇见磁石，蒙恬初识羊毛，立刻有了对物的惊叹和对物的深情。

牛郎遇见织女，留下的是一场恻恻然的爱情，以及年年夏夜，在星空里再版又再版的永不褪色的神话。

夫子遇见泰山，李白遇见黄河，陈子昂遇见幽州台，米开朗基罗在混沌未凿的大理石中预先遇见了少年大卫，生命的情境从此就不一样了。

就不一样了，我渴望生命里的种种遇合，某本书里有一句话，等我去读、去拍案。田间的野老，等我去了解、去惊识。山风与发，冷泉与舌，流云与眼，松涛与耳，他们等着，在神秘的时间

的两端等着，等着相遇的一刹——一旦相遇，就不一样了，永远不一样了。

我因而渴望遇合，不管是怎样的情节，我一直在等待着种种发生。

人生的栈道上，我是个赶路人，却总是忍不住贪看山色。生命里既有这么多值得驻足的事，相形之下，会不会误了宿头，也就不是那样重要的事了。

我在

　　记得是小学三年级，偶然生病，不能去上学。于是抱膝坐在床上，望着窗外寂寂青山、迟迟春日，心里竟有一份巨大幽沉至今犹不能忘的凄凉。当时因为小，无法对自己说清楚那番因由，但那份痛，却是记得的。

　　为什么痛呢？现在才懂，只因你知道，你的好朋友都在那里，而你偏不在，于是你痴痴地想，他们此刻在升旗吗？他们在操场上追追打打吗？他们在教室里挨骂吗？他们到底在干什么啊？不管是好是歹，我想跟他们在一起啊！一起挨骂挨打都是好的啊！

　　于是，开始喜欢点名，大清早，大家都坐得好好的，小脸还没有开始脏，小手还没有汗湿，老师说：

　　"×××"

　　"在！"

　　正经而清脆，仿佛不是回答老师，而是回答宇宙乾坤，告诉天地，告诉历史，说，有一个孩子"在"这里。

　　回答"在"字，对我而言总是一种饱满的幸福。

然后，长大了，不必被点名了，却迷上旅行，每到山水胜处，总想举起手来，像那个老是睁着好奇圆眼的孩子，回一声：

"我在。"

我在，和"某某到此一游"不同，后者张狂跋扈，目无余子，而说"我在"的仍是个清晨去上学的孩子，高高兴兴地回答长者的问题。

其实人与人之间，或为亲情或为友情或为爱情，哪一种亲密的情谊不是基于我"在"这里，刚好，你也"在"这里的前提？一切的爱，不就是"同在"的缘分吗？就连神明，其所以为神明，也无非由于"昔在、今在、恒在"，以及"无所不在"的特质。而身为一个人，我对自己"只能出现于这个时间和空间的局限"感到另一种可贵，仿佛我是拼图板上扭曲奇特的一块小形状，单独看，毫无意义，及至恰恰嵌在适当的时空，却也是不可少的一块。天神的存在是无始无终浩浩莽莽的无限，而我是此时此际此山此水中的有情和有觉。

有一年，和丈夫带着一团年轻人到美国和欧洲去表演，我坚持选崔颢的《长干行》作为开幕曲，在一站复一站的陌生城市里，舞台上碧色绸子抖出来粼粼水波，唐人乐府悠然导出：

> 君家何处住？
> 妾住在横塘。
> 停船暂借问，

或恐是同乡。

渺渺烟波里，只因一错肩而过，只因你在清风我在明月，只因彼此皆在这地球，而地球又在太虚，所以不免停舟问一句话，问一问彼此隶属的籍贯，问一问昔日所生，他年所葬的故里。那年夏天，我们也是这样一路去问海外中国人的隶属所在啊！

一九八三年九月二十四日我到香港教书，翌日到超级市场去买些日用品，只见人潮涌动，米、油、罐头、卫生纸都被抢购一空。当天港币与美金的比例跌至最低潮，已到了十与一之比。朋友都替我惋惜，因为薪水贬值等于减了薪。当时我望着快被搬空的超级市场，心里竟像疼惜生病的孩子一般地爱上这块土地。我不是港督，不是黄华，左右不了港人的命运。但此刻，我站在这里，跟缔造了经济奇迹的香港的中国人在一起。而我，仍能应邀在中文系里教古典诗，至少有半年的时间，我可以跟这些可敬的同胞并肩，不能做救星，只是"在一起"，只是跟年轻的孩子一起回归于故国的文化。一九九七年，香港的命运会如何？我不知道，只知道曾有一个秋天，我在那里，不是观光客，是"在"那里。

旧约《圣经》里记载了一则三千年前的故事，那时老先知以利因年迈而昏聩无能，坐视宠坏的儿子横行。小先知撒母耳却仍是幼童，懵懵懂懂地穿件小法袍在空旷的大圣殿里走来走去，然而，事情发生了，有一夜他听见轻声呼唤：

"撒母耳！"

他虽渴睡却是个机警的孩子，跳起来，便跑到老以利面前：

"你叫我，我在这里！"

"我没有叫你，"老态龙钟的以利说，"你去睡吧！"

孩子去躺下，他又听到相同的叫唤：

"撒母耳！"

"我在这里，是你叫我吗？"他又跑到以利跟前。

"不是，我没叫你，你去睡吧。"

第三次他又听见那召唤的声音，小小的孩子实在给弄糊涂了，但他仍然尽快跑到以利面前。

老以利蓦然一惊，原来孩子已经长大了，原来不是小孩子梦里听错了话，不，他已听到第一次天音，他已面对神圣的召唤。虽然他只是一个稚弱的小孩，虽然他连什么是"天之钟命"也听不懂，可是，旧时代毕竟已结束，少年英雄会受天承运挑起八方风雨。

"小撒母耳，回去吧！有些事，你以前不懂，如果你再听到那声音，你就说：'神啊！请说，我在这里。'"

撒母耳果真第四度听到声音，夜空烁烁，廊柱耸立如历史，声音从风中来，声音从星光中来，声音从心底的潮声中来，来召唤一个孩子。撒母耳至死，一直是个威仪赫赫的先知，只因多年前，当他还是稚童的时候，他答应了那声呼唤，并且说："我，在这里。"

我当然不是先知，从来没有想做"救星"的大志，却喜欢让自己是一个"紧急待命"的人，随时能说："我在，我在这里。"

这辈子从来没喝得那么多，大约是一瓶啤酒吧，那是端午节的晚上，在澎湖的小离岛。为了纪念屈原，渔人那一天不出海，小学校长陪着我们和家长会的朋友吃饭，对于仰着脖子的敬酒者你很难说"不"。他们喝酒的样子和我习见的学院人士大不相同，几杯下肚，忽然红上脸来，原来酒的力量竟是这么大的。起先，那些宽阔黧黑的脸不免有一份不自觉的面对台北人和读书人的卑抑，但一喝了酒，竟人人争着说起话来，说他们没有淡水的日子怎么苦，说淡水管如何修好了又坏了，说他们宁可倾家荡产，也不要天天开船到别的岛上去搬运淡水……

而他们嘴里所说的淡水，从台北人看来也不过是咸涩难咽的怪味水罢了——只是于他们却是遥不可及的美梦。

我们原来只是想去捐书，只是想为孩子们设置阅览室，没有料到他们红着脸粗着脖子叫嚷的却是水！这个岛有个好听的名字，叫岛屿，岩岸是美丽的黑得发亮的玄武石组成的。浪大时，水珠会跳过教室直落到操场上来，澄莹的蓝波里有珍贵的丁香鱼，此刻餐桌上则是酥炸的海胆，鲜美的小管……然而这样一个岛，却没有淡水……

我能为他们做什么？在同盏共饮的黄昏，也许什么都不能，但至少我在这里，在倾听，在思索我能做的事……

读书，也是一种"在"。

有一年，到图书馆去，翻一本《春在堂笔记》，那是俞樾先生的集子，红绸精装的封面，打开封底一看，竟然从来也没人借阅过，真是"古来圣贤皆寂寞"啊！心念一动，便把书借回家去，书在，春在，但也要读者在才行啊，我的读书生涯竟像某些人玩"碟仙"，仿佛面对作者的精魄。对我而言，李贺是随召而至的，悲哀悼亡的时候，我会说："我在这里，来给我念那首《苦昼短》吧！念'吾不识青天高，黄地厚，唯见月寒日暖，来煎人寿。'"读那首韦应物的《调笑令》的时候，我会轻轻地念"胡马胡马，远放燕支山下，跑沙跑雪独嘶，东望西望路迷，迷路迷路，边草无穷日暮"，一面觉得自己就是那从唐朝一直狂驰至今不停的战马，不，也许不是马，只是一股激情，被美所迷，被莽莽黄沙和胭脂红的落日所震慑，因而心绪万千，不知所止的激情。

看书的时候，书上总有绰绰人影，其中有我，我总在那里。

《旧约·创世记》里，堕落后的亚当在凉风乍至的伊甸园把自己藏匿起来。

上帝说："亚当，你在哪里？"

他噤而不答。

如果是我，我会走出，说：

"上帝，我在，我在这里，请你看着我，我在这里。不比一个凡人好，也不比一个凡人坏，有我的逊顺祥和，也有我的叛逆凶戾，我在我无限的求真求美的梦里，也在我脆弱不堪一击的人性里，上帝啊，俯察我，我在这里。"

我在，意思是说我出席了，在生命的大教室里。

几年前，我在山里说过的一句话容许我再说一遍，作为终响：

"树在。山在。大地在。岁月在。我在。你还要怎样更好的世界？"

他曾经幼小

我们所以不能去爱大部分的人，是因为我们不曾见过他们幼小的时候。

如果这世上还有人对你说：

"啊！我记得你小时候，胖胖的，走不稳……"

你是幸福的，因为有人知道你幼小时期的容颜。

任何大豪杰或大枭雄，一旦听人说：

"那时候，你还小，有一天，正拿着一个风筝……"

也不免一时心肠塌软下来，怯怯地回头去望，望来路上多年前那个痴小的孩子。那孩子两眼亮晶晶，正天不怕、地不怕地嬉笑而来，呹喝而去。

我总是尽量从成年人的言谈里去捕捉他幼小时期的形象，原来那样垂老无趣口涎垂胸的人，竟也一度曾经是为人爱宠为人疼惜的幼小者。

如果我曾经爱过一些人，我也总是竭力去想象去拼凑那人的幼年。或在烧红半天的北方战火，或在江南三月的桃红，或在台

湾南部小小的客家聚落，或在云南荒山的逼仄小径，我看见那人开章明义的含苞期。

是的，如果凡人如我也算是爱过众生中的一些成年人，那是因为那人曾经幼小，曾经是某一个慈怀中生死难舍的命根。

至于反过来如果你问我为何爱广场上素昧平生的嬉戏孩童，我会告诉你，因为我爱那孩童前面隐隐的风霜，爱他站在生命沙滩的浅处，正揭衣欲渡的喧嚷热闹，以及闪烁在他眉睫间的一个呼之欲出的成年。

念你们的名字

　　孩子们，这是八月初的一个早晨，美国南部的阳光舒迟而透明，流溢着一种让久经忧患的人鼻酸的、古老而宁静的幸福。助教把期待已久的发榜名单寄来给我，一百二十个动人的名字，我逐一地念着，忍不住覆手在你们的名字上，为你们祈祷。

　　在你们未来漫长的七年医学教育中，我只教授你们八个学分的语文，但是，我渴望能教你们如何做一个人——以及如何做一个中国人。

　　我愿意再说一次，我爱你们的名字，名字是天下父母满怀热望的刻痕，在万千中国文字中，他们所找到的是一两个最美丽最醇厚的字眼——世间每一个名字都是一篇简短质朴的祈祷！

　　"林逸文""唐高骏""周建圣""陈震寰"，你们的父母多么期望你们是一个出类拔萃的孩子。"黄自强""林进德""蔡笃义"，多少伟大的企盼在你们身上。"张鸿仁""黄仁辉""高泽仁""陈宗仁""叶宏仁""洪仁政"，说明了儒家传统的对仁德的向往。"邵国宁""王为邦""李建忠""陈泽浩""江建中"，显然你们的父母曾把你们奉献给苦难的中国。"陈怡苍""蔡宗哲""王世尧""吴景农""陆恺"，含蕴着一个古老圆融的理想。我常惊讶，为什么世人不能虔诚地细味另一个人的名字？为什么我们不懂得恭敬地省察自己的名字？每一个名字，不论雅俗，都自有它的哲学和爱心。如果我们能用细腻的领悟力去叫别人的名字，我们便能学会更多的互敬和互爱，这世界也可以因此而更美好。

这些日子以来，也许你们的名字已成为乡梓邻里间一个幸运的符号，许多名望和财富的预期已模模糊糊和你们的名字联在一起，许多人用钦慕的眼光望着你们，一方无形的匾已悬在你们的眉际。有一天，"医生"会成为你们的第二个名字，但是，孩子们，什么是医生呢？一件比常人更白的衣服？一笔比平民更饱涨的月入？一个响亮荣耀的名字？孩子们，在你们不必讳言的快乐里，抬眼望望你们未来的路吧！

什么是医生呢？孩子们，当一个生命在温湿柔韧的子宫中悄然成形时，你，是第一个宣布这神圣事实的人。当那蛮横的小东西在尝试转动时，你是第一个窥得他在另一个世界的心跳的人。当他陡然冲入这世界，是你的双掌，接住那华丽的初啼。是你，用许多防疫针把成为正常的权利给了婴孩。是你，辛苦地拉动一个初生儿的船纤，让他开始自己的初航。当小孩半夜发烧的时候，你是那些母亲理直气壮打电话的对象。一个外科医生常像周公旦一样，是一个在简单的午餐中三次放下食物走入急救室的人，有的时候，也许你只需为病人擦一点红汞水，开几颗阿司匹林，但也有时候，你必须为病人切开肌肤，拉开肋骨，拨开肺叶，将手术刀伸入一颗深藏在胸腔中的鲜红心脏。你甚至有的时候必须忍受眼看血癌吞噬一个稚嫩无辜的孩童而束手无策的裂心之痛！一个出名的学者来见你的时候，可能只是一个脾气暴烈的牙痛病人。一个成功的企业家来见你的时候，可能只是一个气结的哮喘病人。一个伟大的政治家来见你的时候，也许什么都不是，他只剩下一口气，拖着一个中风后的瘫痪的身体。挂号室里美丽的女明星，或者只是一个长期失眠的、神经衰弱的、有自杀倾向的患者——你陪同病人经过生命中最黯淡的时刻，你倾听垂死者最后的一次呼吸、探察他最后的一槌心跳。你开列出生证明书，你在死亡证明书上签字，你的脸写在婴儿初闪的瞳仁中，也写在垂死者最后的凝望里。你陪同人类走过生、老、病、死，你扮演的是一个怎样的角色啊！一个真正的医生怎能不是一个圣者。

事实上，作为一个医者的过程正是一个苦行僧的过程，你需要学多少东西才能免于自己的无知，你要保持怎样的荣誉心才能免于自己的无行，你要几度犹豫才能狠下心拿起解剖刀切开第一具尸体，你要怎样自省，才能在千万个病人之后免于职业性的冷静和无情。在成为一个医治者之前，第一个需被医治的，应该是我们自己。在一切的给予之前，让我们先成为一个"拥有"的人。

孩子们，我愿意把那则古老的"神农氏尝百草"的神话再说一遍，《淮南子》上说："古者民茹草饮水，采树木之实，食蠃蜅之肉，时多疾病毒伤之害，于是神农氏乃始教民播种五谷，尝百草之滋味，水泉之甘苦，令民知所辟就，当此之时，一日而遇七十毒。"

神话是无稽的，但令人动容的是一个行医者的投入精神，以及那种人饥己饥、人溺己溺、人病己病的同情。身为一个现代的医生当然不必一天中毒七十余次，但贴近别人的痛苦，体谅别人的忧伤，以一个单纯的"人"的身份，恻然地探看另一个身罹疾病的"人"仍是可贵的。

记得那个"悬壶济世"的故事吗？"市中有老翁卖药，悬一壶于肆头，及市罢，辄跳入壶中，市人莫之见。"——那老人的药事实上应该解释成他自己。孩子们，这世界上不缺乏专家，不缺乏权威，缺乏的是一个"人"，一个肯把自己给出去的人。当你们帮助别人时，请记得医药是有时而穷的，唯有不竭的爱能照亮一个受苦的灵魂。古老的医术中不可缺的是"探脉"，我深信那样简单的动作里蕴藏着一些神秘的象征意义，你们能否想象用一个医生敏感的指尖去探触另一个人的脉搏的神圣画面。

因此，孩子们，让我们怵然自惕，让我们清醒地推开别人加给我们的金冠，而选择长程的劳瘁。诚如耶稣基督所说："非以役人，乃役于人"。真正伟人的双手并不浸在甜美的花汁中，它们常忙于处理一片恶臭的脓血。真正伟人的双目并不凝望最翠拔的高峰，它们低俯下来察看一个卑微的贫民的病容。孩子们，让别人去享受"人上人"的荣耀，我只祈求你们善尽"人中人"的天职。

我曾认识一个年轻人，多年后我在纽约遇见他，他开过计程车，做过跑堂，以及各式各样的生存手段——他仍在认真地念社会学，而且还在办杂志。一别数年，恍如隔世，但最安慰的是当我们一起走过曼哈顿的市声，他无愧地说："我还抱持着我当年那一点对人的关怀，对人的好奇，对人的执着。"其实，不管我们研究什么，可贵的仍是那一点点对人的诚意。我们可以用赞叹的手臂拥抱一千条银河，但当那灿烂的光流贴近我们的前胸，其中最动人的音乐仍是一分钟七十二响的雄浑坚实如祭鼓的人类的心跳！孩子们，尽管人类制造了许多邪恶，人体还是天真的、可尊敬的奥秘的神迹。生命是壮丽的、强悍的，一个医生不是生命的创造者——他只是协助生命神迹保持其本然秩序的人。孩子们，请记住你们每一天所遇见的不仅是人的"病"，也是病的"人"，人的眼泪，人的微笑，人的故事，孩子们，这是怎样的权利！

作为一个语文老师，我所能给你们的东西是有限的。几年前，曾有一天清晨，我走进教室，那天要上的课是诗经，那美丽的四言诗是一种永恒，我告诉那些孩子们有一种东西比权力更强，比疆土更强，那

是文化——只要语文尚在，则中国尚在。我们仍有安身立命之所。孩子们，选择做一个中国人吧！你们曾由于命运生为一个中国人，但现在，让我们以年轻的、自由的肩膀，选择担起这份中国人的轭。但愿你所医治的，不仅是一个病人的沉疴，而是整个中国的羸弱。但愿你们所缝补的不仅是一个病人的伤痕，而是整个中国的痼疾。孩子们，所有的良医都是良相——正如所有的良相都是良医。

长窗外是软碧的草茵，孩子们，你们的名字浮在我心中，我浮在四壁书香里，书浮在黯红色的古老图书馆里，图书馆浮在无际的紫色花浪间，这是一个美丽的校园。客中的岁月看尽异国的异景，我所缅怀的仍是台北三月的杜鹃，孩子们，我们不曾有一个古老幽美的校园，我们的校园等待你们的足迹使之成为美丽。

孩子们，求全能者以广大的天心包覆你们，让你们懂得用爱心去托住别人。求造物主给你们内在的丰富，让你们懂得如何去分给别人。某些医生永远只能收到医疗费，我愿你们收到的更多——我愿你们收到别人的感念。

念你们的名字，在乡心隐动的清晨。我知道有一天将有别人念你们的名字，在一片黄沙飞扬的乡村小路上，或是曲折迂回的荒山野岭间，将有人以祈祷的嘴唇，默念你们的名字。

音乐教室

诗诗：

雨或者仍在下，或者已不下，厚丝绒的帷幕升起，大厅里簇拥着盛装的人群。这是你的第一次演奏会，我和晴晴坐在辽远的角落上遥望你。

音乐是风，在观众席的千峰万壑间回荡。音乐是雨，在我们心的檐沿繁密地垂下。音乐是奇异的阳光，蜿蜒向天涯每一条曲径。

我们从来没有期望你成为一个音乐家，只希望给你一个快乐的童年。因此三年前，我们带你去学音乐。教室里贴着美丽的壁纸，地毯是绿茵茵的。我们愉快地发现每一个小孩都是可爱的。你们唱歌，你们辨认拍子，你们兴奋地做着韵律游戏，你们学着识谱，试着作曲，尝试跟别人合奏，你们享受着彼此的快乐。

后来，我们又买了一架古老的、雕镂着花纹的钢琴，客厅成了另一间音乐教室，我们常常可以倾听你的充满生命的弹奏。

诗诗，我常在这一切的美好之上，感到一些更巨大的、更神圣的美丽。你还小，我因而从来没有告诉你。但今天，你和你的朋友们站在台上，你是多么大啊！你就是那个我每夜醒来为你哺乳的小婴孩吗？我在泪光中遥望你们，有如一排青青翠翠的小树，我忍不住要将一些话告诉你。

许多年前，妈妈还是一个小女孩，有时她经过琴行，驻足看那些庄严得几乎不可触及的乐器，感到一种绝望。但少年时期总是美好的，有时，把双手放在桌子下面，也尽可在一排想象的琴键上来回抚弄。不需要才学和胸襟，少年时期人人都自然能了解陶渊明"无弦琴"的意境。

终于，有一天，有一个音乐老师答应教她弹琴。那是在南台湾的一个小城，学校又大又空旷，音乐教室因为面对着一带遮天蔽日的大树，整个绿郁郁地古典了起来。那女孩踩着密匝匝的树影朝圣似的走向音乐教室。夏日的骤雨过后，树上的黄花凄凄然地悬着饱胀的令人不知所措的美感，那女孩小心翼翼地捧着琴谱走着。

我常常忍不住要感谢许多人，例如我的音乐老师。他多么好，回忆中已想不起他的坏脾气，想不起他的不修边幅，只记得他站在琴前教我弹那简单的练习曲。诗诗，记得那天，你在钢琴上重弹那些曲子的时候，我忍不住地从书房跑出来。诗诗，你不能了解我在那一刹那的激动，我已经十几年不弹琴了，乍听你弹那些熟悉的曲子，只觉恍如隔世，几乎怀疑曲子是自我的腕下流出的——诗诗，我的音乐老师已经谢世了！伟大的音乐家里永远不会有他的名字，可是我仍然感谢他，尊敬他，他曾教导我更多地拥抱我所爱的音乐。他也不是成功的声乐家，但是，当他告诉我们他怎样去从戎当青年军，怎样在青春的激情里为祖国而唱的时候，那是怎样一种声音——诗诗，我再也不能看见我的老师了。我回国的时候他已化为一钵劫灰，我唯一能安慰自己的是，我曾让他了解，虽然已经十几年了，我仍在敬爱他。

诗诗，我不弹琴，竟已经十几年了，但恒在的是心中的琴韵。我的老师不曾把我教成一个钢琴家，但他使我了解怎样聆听这充满爱充满温情的世界。今天，当你的小手在琴键上往返欢呼，你可知道我所移植给你的音乐之苗是承自何处吗？诗诗，我每一思及人间的爱之链锁，那些牵牵绊绊彼此相萦的真情，总忍不住心如激湍。

有时候，诗诗，我们需要的是一点良知，一点感恩，以及一份严肃的对他人的歉疚之心，一种自觉欠负了什么的谦虚。

我仍然记得，那些年，音乐事实上是一个奢侈的名词。而今天，你我能安然地坐在美丽祥和的音乐教室里，你会感到那些琴，那些鼓仿佛理所当然地从开天辟地就存在着了。不是的，诗诗，这些美，这些权利，是许多不知名的手所共同建筑起来的。诗诗，我们或迟或早，总应该学会合理的感恩。

行年渐长，我越来越觉得生活在"人"之中的喜悦，生活在属于自己的土地上的喜悦，拥有一种历史的喜悦，以及一切小小的"与人共有"的喜悦。诗诗，这是一个有情的世界，我们每一个人都是在许多别人的善意里活着的——而那每一份善意都值得我们虔诚地谢天。

有一天，我偶然仔细地看了一下薪水袋！在安静的凝思里竟也能体会出一份美感。许多年来，我一直不认为钱是高尚的东西，但那天，我在谦卑中却体会出某种诗意来。我知道公教人员的薪酬有限，但我仿佛能感到这份薪水里包括某个荒山野岭的纳税人的玉米，某个渔人所捞的鱼，某个农人的稻子，某个女孩的甘蔗，以及某些工厂中许许多多人的劳力，或者是一个煤矿工人的汗，或者是一个手工业工人的巧心，诗诗，你能走入音乐教室，学你所喜欢的音乐课程，和那些人每一个都有或多或少的关系。社会的富足建立在广大人群的共同效命上。诗诗，我今天能安然地坐在灯下写，站在讲坛上说，我能欢悦地向年轻的孩子们叙述那个极大的古中国故事中的一部分，我能侃侃而谈《说文解字叙》，或者王绩、王梵志，我能从容地讲唐人的传奇，宋人的平话，诗诗，我没有一丝可以傲人的，我从心底感到我对上天以及对整个社会的铭而难忘的谢意。

我有时真想对政府和军人说一声"谢谢"，我们在他们的忧劳中享受安谧，在他们的瘁殒中享受丰富。世界上的人能活在一个自由的、宁静的、确知自己的头颅有权利长在自己的头颈上的人并不多。诗诗，有时早晨起来，面对宇宙间新生的一天，面对李白和莎士比亚也无权经历的这一天，我忍不住对上苍说："我感谢你，我感谢这个世界，我多么想去告诉每一个人我感谢他们。我多么想让别人知道我在他们的贡献里一直怀着一份歉疚的情感，一颗希望有所图报的心。"

诗诗，音乐在四壁之间，音乐在四壁之外，有如无所不在的花香，音乐渐渐地将空气过滤得坚实而甜美。你站在台上，置身于一座大电子琴后，每个孩子都认真地奏着自己的乐器，多么美好的下午！但是，诗诗，我愿意你知道，这世界并不全是这样美好的。我们所生活的制度，我们所生活的环境不是全世界处处都有的。加州的越南难民营里不会有音乐教室。诗诗，我们能有你，能相守在一间有爱有食物有音乐的屋子里，而如果仍然不知感恩的话，我们就是可耻的。

有一天，偶然和我们学校的教务主任谈起，他说："你知道吗？就为我们学校这一百二十个学生已经花掉一亿多了！平均是一个学生一百万，这还是只指他们一入学，要是把七年医学教育的费用全算上，一个人大概是二百万！"

我当时深为震撼，一个人才是多少苦心的期待栽成的！转而一想，诗诗，我和你不也或多或少地接受过公费的培育吗？少年时期常向往的是冲风冒雨独来独往的豪情，成长以后才憬悟到人与人之间手足相依的那份亲切。少年时期是无挂无碍志得意满的自矜，成长以后才了解面对天地之化育、人类万物的深情，心头应该常存几分感恩、几分歉疚——没有什么是理所当然的，我们的每一分获得

都该是足以令人惊喜的意外。

音乐扬起，再扬起，诗诗，也许将来你会有更多的演奏会——也许这是你唯一的一次，但无论如何，愿你记得音乐教室中美好的时光，记得那些穿花色长裙的小女孩，记得美丽的长发的音乐老师，记得那些琴、那些鼓、那些欢乐的歌。诗诗，不管世路是否艰难，记得我们曾在欢乐中走完美丽的初程。愿中国新生的一代常走在琴韵之中，真正有大担当的人是体会过幸福，而且确信人世间人人有权利幸福的人。真正敢投入风浪的大英雄是那些享受过内心深处真正宁静的人。诗诗，我愿你在音乐教室之内，我也愿你在音乐教室之外。

诗诗，雨或者在下，或者已不下，而我们已饱饫今日下午的音乐。音乐中有许多动人的冥思，有许多温热的联想。诗诗，愿大地是一间大音乐教室，愿萧萧的万木是琴柱，愿温柔的千涧是长弦，诗诗，让我们能说，我们已歌过，我们曾是我们这一代的声音。

我不知道怎样回答

有些时候，我不知怎样回答那些问题，可是……

*

有一次，经过一家木材店，忽然忍不住为之驻足了。秋阳照在那一片粗糙的木纹上，竟像炒栗子似的，爆出一片干燥郁烈的芬芳，我在那样的香味里回到了太古，我恍惚可以看到遮天蔽日的原始森林，我看到第一个人类以斧头斫向擎天的绿意，一斧下去，木香争先恐后地喷向整个森林，那人几乎为之一震。每一棵树是一瓶久贮的香膏，一经启封，就香得不可收拾。每一痕年轮是一篇古赋，耐得住最仔细的吟读。

店员走过来，问我要买什么木料，我不知怎样回答。我可能愚笨地摇摇头。我要买什么？我什么都不缺，我拥有一街晚秋的阳光，以及免费的沉实浓馥的香味。要快乐，所需要的东西是多么出人意外的少啊！

*

我七岁那年，在南京念小学，我一直记得我们的校长。二十五

179

年之后我忽然知道她在台北一个五专做校长，我决定去看看她。

　　校警把我拦住，问我找谁，我回答了他，他又问我找她干什么？我忽然支吾而不知所答，我找她干什么？我怎样使他了解我"不干什么"，我只是冲动地想看看二十五年前升旗台上一个亮眼的回忆，我只想把二十五年来还没有忘记的校歌背给她听，并且想问问她当年因为幼小而唱走了音的是什么字——这些都算不算事情呢？

　　一个人找一个人必须要"有事"吗？我忽然感到悲哀起来。那校警后来还是把我放了进去，我见到我久违了四分之一世纪的一张脸，我更爱她——因为我自己也已经做了十年的老师，她也非常讶异而快乐，能在灾劫之余一同活着一同燃烧着，是一件可惊可叹的事。

＊

　　儿子七岁了，忽然出奇地想建树他自己。有一天，我要他去洗手，他拒绝了。

"我为什么要洗手？"

"洗手可以干净。"

"干净又怎么样？不干净又怎么样？"他抬起调皮的晶亮眼睛。

"干净的小孩才有人喜欢。"

"有人喜欢又怎么样？没有人喜欢又怎么样？"

"有人喜欢将来才能找个女朋友啊。"

"有女朋友又怎么样，没有女朋友又怎么样？"

"有女朋友才能结婚啊！"

"结婚又怎么样？不结婚又怎么样？"

"结婚才能生小娃娃，妈妈才有小孙子抱哪！"

"有孙子又怎么样？没有孙子又怎么样？"

我知道他简直为他自己所新发现的句子构造而着迷了，我知道那只是小儿的戏语，但也不由得不感到一阵生命的悲凉，我对他说：

"不怎么样！"

"不怎么样又怎么样？怎么样又怎么样？"

我在瞠目不知所对中感到一种敬意，他在成长，他在强烈地想要建树起他自己的秩序和价值，我感到一种生命深处的震动。

虽然我不知道怎样回答他的问题，虽然我不知道用什么方法使一个小男孩喜欢洗手，但有一件事我们彼此都知道，我仍然爱他，他也仍然爱我，我们之间仍然有无穷的信任和尊敬。

我交给你们一个孩子

我交给你们一个孩子

小男孩走出大门，返身向四楼阳台上的我招手，说：

"再见！"

那是好多年前的事了，那个早晨是他开始上小学的第二天。

我其实仍然可以像昨天一样，再陪他一次，但我却狠下心来，看他自己单独去了。他有属于他的一生，是我不能相陪的，母子一场，只能看作一把借来的琴弦，能弹多久，便弹多久，但借来的岁月毕竟是有其归还期限的。

他欢然地走出长巷，很听话的既不跑也不跳，一副循规蹈矩的模样。我一人怔怔地望着尤加利下细细的朝阳而落泪。

想大声地告诉全城市，今天早晨，我交给你们一个小男孩，他还不知恐惧为何物，我却是知道的，我开始恐惧自己有没有交错。

我把他交给马路，我要他遵守规矩沿着人行道而行，但是，匆匆的路人啊，你们能够小心一点吗？不要撞到我的孩子，我把我至爱的孩子交给了纵横的道路，容许我看见他平平安安地回来！

　　我不曾搬迁户口，我们不要越区就读，我们让孩子读本区内的公立小学而不是某些私立明星小学，我努力去信任我们的教育当局，而且，是以自己的儿女为赌注来信任的——但是，学校啊，当我把我的孩子交给你，你保证给他怎样的教育？今天清晨，我交给你一个欢欣诚实又颖悟的小男孩，多年以后，你将还我一个怎样的青年？

　　他开始识字，开始读书，当然，他也要读报纸、听音乐或看电视、电影，古往今来的撰述者啊！各种方式的知识传递者啊！我的孩子会因你们得到什么呢？你们将饮之以琼浆，灌之以醍醐，还是哺之以糟粕？他会因而变得正直忠信，还是学会奸猾诡诈？当我把我的孩子交出来，当他向这世界求知若渴，世界啊，你给他的会是什么呢？

　　世界啊，今天早晨，我，一个母亲，向你交出她可爱的小男孩，而你们将还我一个怎样的呢！

小蜥蜴如何藏身在草丛里的奇观

　　我给小男孩请了一位家庭教师，在他七岁那年。

　　听到的人不免吓一跳：

"什么？那么小就开始补习了？"

不是的，我为他请一位老师是因为小男孩被蝴蝶的三部曲弄得神魂颠倒，又一心想知道蚂蚁怎么回家；看到世上有那么多种蛇，也使他欢喜得着了慌，我自己对自然的万物只有感性的欢欣赞叹，没有条析缕陈的解释能力，所以，我为他请了老师。

有一张征求老师的文字是我想用而不曾用过的，多年来，它像一坛忘了喝的酒，一直堆叠在某个不显眼的角落。春天里，偶然男孩又不自觉地转头去听鸟声的时候，我就会想起自己心底的那篇文字：

> 我们要为我们的小男孩寻找一位生物老师。
>
> 他七岁，对万物的神奇兴奋到发昏的程度，他一直想知道，这一切"为什么是这样的"？
>
> 我们想为他找的不单是一位授课的老师，也是一位启示他生命的奇奥和繁富的人。
>
> 他不是天才，他只是一个好奇而且喜欢早点知道答案的孩子。我们尊重他的好奇，珍惜他兴奋易感的心，我们不是富有的家庭，但我们愿意好好为他请一位老师，告诉他花如何开，果如何结，蜜蜂如何住在六角形的屋子里，蚯蚓如何在泥土中走路吃饭……他只有一度童年，我们，急于让他早点享受到"知道"的权利。
>
> 有的时候，也请带他到山上到树下去上课，他喜欢知道蕨

185

类怎样成长，杜鹃怎样红遍山头，以及小蜥蜴如何藏身在草丛里的奇观……

有谁愿意做我们小男孩的生物老师？

小男孩后来读了两年生物，获益无穷，而这篇在心底重复无数遍的"征求老师"的腹稿却只供我自己回忆。

寻人启事

我坐在餐桌上修改自己的一篇儿童诗稿，夜渐渐深了。

男孩房里的灯仍亮着，他在准备那些考不完的试。

我说：

"喂，你来，我有一篇诗要给你看！"

他走过来，把诗拿起来，慢慢看完，那首诗是这样写的：

寻人启事

妈妈在客厅贴起一张大红纸

上面写着黑黑的几行字：

兹有小男孩一名不知何时走失

谁把他拾去了啊，仁人君子

他身穿小小的蓝色水手服

他睡觉以前一定要念故事

他重得像铅球又快活得像天使

满街去指认金龟车是他的专职

当电扇修理匠是他的大志

他把刚出生的妹妹看了又看露出诡笑：

"妈妈呀，如果你要亲她就只准亲她的牙齿。"

那个小男孩到哪里去了，谁肯给我明示？

听说有位名叫时间的老人把他带了去

却换给我一个中学的少年比妈妈还高

正坐在那里愁眉苦脸地背历史

那昔日的小男孩啊不知何时走失

谁把他带还给我啊，仁人君子。

看完了，他放下，一言不发地回房去了。第二天，我问他：

"你读那首诗怎么不发表一点高见？"

"我读了很难过，所以不想说话……"

我茫然走出他的房间，心中怅怅，小男孩已成大男孩，他必须有所忍受，有所承载，我所熟知的一度握在我手里的那一双小手有如飞鸟，在翩飞中消失了。

仅仅只在不久以前，他不是还牵着妹妹的手，两人诡秘地站在我的书房门口吗？他们同声用排练好的做作的广告腔说：

好立克大王

张晓风女士

请你出来

为你的儿子女儿冲一杯好立克

这样的把戏玩了又玩，一杯杯香浓的饮料喝了又喝，童年，繁华喧天的岁月，就如此跫音渐远。